Dieser Thriller und die darin enthaltenen Namen sind frei erfunden.
Übereinstimmungen im realen Leben basieren auf reiner Zufälligkeit.

Dieser erste Kurzroman von Autor Manfred Bogenschütz verspricht spannende
Unterhaltung von Anfang bis zum Schluss.

Bibliografische Information der Deutschen Nationalbibliothek:
Die Deutsche Nationalbibliothek verzeichnet diese Publikation in der
Deutschen Nationalbibliografie;
detaillierte bibliografische Daten sind im Internet über
www.dnb.de abrufbar.

© 2015 Manfred Bogenschütz

Idee und Text: Manfred Bogenschütz
Satz und Layout: Manfred Bogenschütz
Titelfoto: Manfred Bogenschütz
Graphiken: Aus MS Office Clipart
Autorenfoto: www.rolandhuebler.de
Herstellung und Verlag:
BoD - Books on Demand, Norderstedt
ISBN 978-3-7347-7589-5

Manfred Bogenschütz

Julie

... und ihre Missbrauchskinder

In den 80iger Jahren

Sam, ein netter, humorvoller Junge, 17 Jahre jung, immer gut gelaunt und voller Lebensfreude lebt bei seiner Mutter in einem kleinen, idyllischen Dorf etwa 10 km vom schönen Bodensee entfernt. Das Dorf hat nur noch einen kleinen Tante Emma Laden, ein Rathaus und eine alte Kirche. Eine Bank und Poststelle gibt es nicht mehr. Auch der letzte Bäcker hat bereits vor einem Jahr geschlossen, jetzt kommt nur noch zwei mal die Woche ein Bäcker und ein Metzger mit einem Verkaufswagen, aber die sind bei den Einwohnern, vor allem den älteren, welche gerne noch im Ort einkaufen gehen, sehr geschätzt. Sam ist ein leicht über dem Durchschnitt liegender Schüler gewesen und hat gerade seinen Realschulabschluss mit einer Note von 2,1 abgeschlossen. Zur Zeit ist er auf der Suche nach einem Ausbildungsplatz zum Automechaniker, Industrieschlosser oder ähnlichem, wo er seinem handwerklichem Geschick nachgehen kann. Er hat auch schon einen der neuen Computer und sitzt jede freie Minute daran um später auch mit der neuen Technik vertraut umgehen zu können. Neben spielen am PC lernt er auch die üblichen Softwareprogramme, nach einem Grundkurs jetzt Schreib-, Berechnungs- und Graphikprogramme. Er hat sich sogar mit Hilfe eines Schreibmaschinen Kursbuches selbst am PC das 10-Finger-System bei gebracht.

Doch gerade, es ist ein schöner sonniger Sonntag Nachmittag Ende September, sitzt er in einem Strandcafe am See, wo er seiner Jugendliebe Julie begegnet. Eigentlich heißt sie Juliane, aber alle nennen sie Julie. Sie ist wie immer modern gekleidet, sehr hübsch, hat schulterlanges, goldblondes Haar wie Seide und hat mit Ihren 16 Jahren bereits eine tolle, weibliche 85-60-80 Figur, wo sich jeder junge Mann gerne beim vorbeilaufen umdreht. Julie trägt einen Minirock und hohe Schuhe, der Absatz ist bestimmt 8 cm. Eigentlich ist sie mit 156 recht klein, aber die Schuhe lassen ihre Beine länger erscheinen, so dass sie mit der Größe ihrer Freundinnen mithalten kann. Die Sonne blendet ganz schön über den Bodensee, aber Julie trägt ihre Sonnenbrille wie fast immer hochgesteckt in ihrem Haar. Sie schlendert so an der Promenade entlang und schaut den Vögeln zu. Enten welche im Wasser dahin gleiten und Möwen, oder was das für welche sind, sehen jedenfalls so aus, die am Wasser wie Federn umher schweben. Julie ist gerne hier am See, hier trifft sie immer wieder Freunde und Bekannte. Plötzlich sieht sie von weitem Sam, der wie immer über beide Gesichtsbacken strahlt und sofort vom kleinen runden Tisch vor dem Eiscafe aufsteht und schnurstracks auf sie zu kommt.

"Hallo meine Liebste" so begrüßt Sam die eher schüchtern und zurückhaltende Julie an diesem Nachmittag, eigentlich wie immer.

"Ach lass das bitte..." erwidert Julie, obwohl sie sich ein wenig geschmeichelt fühlt, "...wir sind doch keine Kinder mehr." Die beiden haben sich seit drei, vier oder gar sechs Wochen nicht mehr gesehen. "Wie geht es Dir, Sam? Was machst Du so? Schon lange nicht mehr gesehen. Du bist doch jetzt mit der Schule fertig, oder? Ich freue mich, dich mal wieder sehen zu können. Toll siehst Du aus."

Sam ist ein wenig verdutzt da er die Reaktion auf seine Begrüßung von Julie nicht so richtig verstehen kann.
"Ja, ich bin auf der Suche nach einer Lehrstelle."
Sam und Julie waren doch schon seit Kindheit dicke Freunde und wenn Sam es genau nimmt, hat er sich sogar heimlich in Julie verliebt. Julie jedoch hat in Sam nur einen netten, treuen Sandkastenfreund gesehen und möchte dies auch so belassen. Sie waren oft zusammen, im selben Kindergarten, wohnten in der gleichen Straße und spielten früher am Waldrand auf dem Spielplatz. Auch später, also in den letzten Jahren haben sie vieles gemeinsam unternommen, nur die Schule hat sie ein wenig auseinander gebracht, denn Julie ging auf das Gymnasium in der Stadt, Sam in die Realschule am Ort.
Sam bittet Julie an den Tisch und lädt sie zu einem Eis ein, eine "Heiße Liebe", das ist ein Vanilleeis mit heißen Himbeeren. Die Beiden unterhalten sich Stunden lang, kommen dabei auf alle möglichen Themen, angefangen bei den alten Zeiten, über die letzten Jahre bis zum heutigen, zufälligen Treffen, lachen und haben viel Spaß miteinander. "Weißt Du noch, als wir da drüben..." Sam zeigt in Richtung Steg, der so 20 m in den See ragt, "...mit der Schleuder Papierfetzen gegen die Enten geschossen haben? Das war lustig." Beide müssen herzhaft lachen. Julie erinnerte sich genau, denn ihr Onkel hat sie damals erwischt und es gab drei Tage Hausarrest von den Eltern. Es gab viele schöne Momente, an die sich Julie mit Sam erinnert, so auch "Am schönsten war es, als Du mich aus dem Wasser gezogen hast, weil ich von, wie heißt er denn noch, war es Andy oder so, in den See geschupst wurde. Du warst mein Lebensretter."
Julie fragt Sam, warum er sich erst jetzt auf die Suche nach einer Lehrstelle macht und warum er sich nicht schon während der Schulzeit beworben hatte? Sam wurde diese Frage schon oft gestellt und es ist ihm auch ein wenig peinlich, dass er jetzt noch nichts hat, aber er ist nie verlegen um eine Ausrede. Er war nämlich nur zu faul um sich bereits während der Schulzeit genügend um seine Zukunft zu kümmern. "Ach weißt Du, ich wollte ein Studium machen aber habe es mir jetzt doch anders überlegt, da ich nicht erst noch ein paar Jahre mehr in die Schule gehen möchte, um noch das ABI oder die Fachhochschulreife zu erlangen..." und "...bis ich eine Lehrstelle gefunden habe, werde ich einfach Jobben gehen, dann verdiene ich wenigstens schon mal gutes Geld um mir ein Auto kaufen zu können. Und Du, was machst Du, wenn Du mit dem Gymnasium fertig bist?"
"Ich werde Jura studieren, habe große Pläne, meine eigene Kanzlei, ein Haus am See mit Blick über den Bodensee und so."
Sam: "und was ist mit Familienplanung und so?"
Julie fast ein wenig entsetzt: "Ich und Familie, wie kommst Du darauf, sehe ich etwa so aus? Ich steh nicht für einen Kerl hintern Herd, hüte nur Kinder Zuhause und schaue meinem Mann seiner Karriere hinterher. Nein, das habe ich nicht vor, dazu bin ich mir zu Schade. Dafür mache ich doch kein Abitur."

"So war es ja nicht gemeint..., ich meine, jede Frau bzw. Jeder möchte doch irgend wann mal Kinder und Familie, das hat doch nichts mit Verzicht auf Karriere zu tun." so Sam, "...ich dachte nur..."

Julie, "Was dachtest Du nur?"

Sam wendet den Blick ab und ist still. Nach einer Weile stillen Schweigens setzt er doch noch zur Antwort an und sagt herzzerreißend mit heiser Stimme zu Julie: "Julie, weißt Du, ... , Du, äh, ich, äh, wir, ich weiß nicht wie ich es sagen soll, ... , ich habe, äh, ich dachte, wir, ich weiß nicht was ich sagen soll. Du weißt schon, oder?"

"Ich, Du, Er, Sie, Es, äh, ... nein, was willst Du mir sagen?, ich dachte wir sind gute Freunde?" Julie sieht in Sam's verlegenen, geradezu treudoofen Blick und meint mit ruhiger Stimme "Jetzt sag bloß nicht, dass Du mich liebst?" Julie weiter: "Ich möchte unsere Freundschaft nicht aufs Spiel setzen."

Julie streicht Sam über sein etwas längeres, modisch geschnittenes schwarzes Haar und versucht ihn zu trösten. "Lass uns gute Freunde sein".

Nach weiteren gegenseitigen liebevollen Worten verabschieden sie sich. Sam ruft Julie noch etwas zerstreut und traurig hinterher "was machst Du nächsten Samstag? Da würde ich gerne mit dir in die Disco gehen?" Daraufhin Julie, bereits ein paar Schritte von Sam entfernt und sich gerade noch kurz umdrehend "da bin ich schon mit Frank verabredet, Du kennst doch Frank, der aus der Elften, oder?" Dann verschwindet Julie und lässt Sam allein zurück.

>Frank, der Schwule aus der 11. Klasse<, erinnert sich Sam. Das darf doch nicht wahr sein, >Der Frank?<, >Frank<.

Er kann ja nicht ahnen, dass Julie in Frank ebenfalls nur einen Kumpel sieht, mehr oder weniger eine Art beste Freundin.

Sam zieht verzweifelt nach Berlin

Sam beginnt über sein Leben zu grübeln, was hat er nur falsch gemacht, seine Flamme möchte nichts von ihm wissen, Lehrstelle nicht in Sicht und seine Freunde haben fast alle eine feste Beziehung und scheinen glücklich zu sein.

Auch seine Mutter bemerkt in den folgenden Tagen, dass mit Sam etwas nicht stimmt. Er ist so zurückhaltend geworden, ja, er hat sich geradezu zurückgezogen. Sitzt den ganzen Tag am PC und schaut sich im Internet Seiten über große Städte wie München, Stuttgart, Hamburg und Berlin an. So kennt ihn seine Mutter gar nicht. Sonst ging er doch immer wieder mit Freunden weg, was trinken, ein Lagerfeuer am Strand oder am Grillplatz beim Spielplatz, Mädchen ärgern, anmachen oder wie sie es immer nannten. Nein, mit Sam stimmte wirklich etwas nicht.

>Am Samstag wird Sam 18 Jahre und er wollte doch mit Julie ausgehen?< erinnert sich seine Mutter. >Ist dies vielleicht der Grund, warum er plötzlich verändert wirkt?< Die Mutter geht auf Sam zu und fragt nach, was denn mit Ihm los ist, warum er sich in den letzten Tagen so seltsam verhält und bei dem schönen Wetter nicht mit Freunden aus geht.

Sam erzählt seiner Mutter, wie sehr er sich in Julie verliebt hat und dass gerade diese, seine Julie, die Liebe nicht erwidern kann. "So macht es mir hier Zuhause keinen Spaß mehr, alle haben eine Freundin, nur ich nicht".

Obwohl nicht alle seine Freunde eine Partnerin hatten, kommt es ihm so vor, weil er sich nur noch auf die Liebe zu Julie konzentriert und dadurch all die Singles um sich herum gar nicht wahrnimmt.

Die Mutter versucht Sam zu trösten aber es gelingt Ihr nicht. Sie erzählt ihm von ihren Liebschaften aus früheren Jahren, aus ihrer Jugendzeit und dass das Leben immer wieder Höhen und Tiefen mit sich bringen. Sie möchte ihm klar machen, dass jeder Mensch in seinem Leben immer wieder Tiefschläge einstecken muss und nicht immer alles Gold ist, was glänzt. Aber Sam will die tröstenden Worte von seiner Mutter nicht annehmen, er kann es einfach nicht verstehen. Julie ist seine Jugendliebe, für die er alles gemacht hätte, die er auf Händen getragen und jederzeit zum Traualtar geführt hätte.

Er stellt sich sogar ins Geheime vor, wie seine Julie mit dem schwulen Frank Sex haben wird. >Nein, nicht meine Julie! Nein, nicht mit diesem Frank!<.

Sam kann das alles nicht länger ertragen.

Einen Tag vor seinem 18. Geburtstag, es ist der 29. September 1989, entscheidet sich Sam, seinen Heimatort zu verlassen und nach Berlin ab zu wandern, sich dort eine neue Zukunft aufzubauen und ein neues Leben zu beginnen. Dafür hat er die letzten Tage am PC recherchiert. Er hat auch schon eine erste Anlaufstelle entdeckt und erste Verbindungen aufgenommen. Eine kleine Bar mitten in Berlin sucht eine Aushilfskraft und bietet sogar die Unterkunft mit an. Das ist genau das, was Sam zum Anfang in Berlin braucht, um sich dort vor Ort besser kundig zu machen und dann wird sich das richtige und alles weitere schon finden.

Diese Entscheidung teilt er seiner Mutter noch an diesem Freitag mit. Seine Mutter ist entsetzt und möchte es gerne verhindern doch Sam ist so fest entschlossen, dass niemand, aber auch gar niemand außer seiner Julie, an dieser Entscheidung etwas ändern könnte. Die Mutter will Ihren Sohn nicht verlieren aber gerade deshalb akzeptiert sie schließlich seine Entscheidung und hilft ihm sogar beim packen seiner Koffer. Sie weiß genau, dass sie mit Loslassen mehr bei ihrem Sohn erreichen wird als mit Festhalten. Niemand lässt sich gerne einsperren.

Selbst seinen Geburtstag möchte er nicht mehr in seinem Heimatort verbringen, nicht ohne Julie. Sam macht sich deshalb noch am frühen Morgen an seinem 18. Geburtstag, also am 30. September 1989 um 11.00 Uhr, nachdem er mit seiner Mutter noch ausgiebig gefrühstückt hat, auf den Weg.

Seine Mutter, die ihn noch zum Bahnhof fährt, verabschiedet sich auf dem Parkplatz am Bahnhof. Sie nimmt Sam in den Arm, die beiden drücken sich ganz fest und die Mutter flüstert ihrem Sohn noch ins Ohr "Du bist ein guter Junge, pass gut auf Dich auf, lass von Dir hören und komm mich bald besuchen. Ich wünsche Dir viel Glück und hoffe dass Du in Berlin das findest, wonach Du suchst. Alles Liebe und Gute"

Nicht nur der Mutter laufen die Tränen übers Gesicht, auch Sam ist berührt und kann seine Augen nicht trocken halten. "Danke Mam, Du wirst mir fehlen. Ich hoffe Du verstehst mich. Ich muss einfach mal raus. Mir fällt hier die Decke auf den Kopf. Ich melde mich aus Berlin. Machs gut. Und sag einfach allen, die nach mir fragen, einen lieben Gruß."

Dann lässt Sam seine Mutter los, nimmt seinen Koffer und zwei Taschen und läuft in Richtung Bahnhof. Vor dem Bahnhofseingang dreht er sich noch ein letztes mal um und winkt seiner Mutter zu, die noch vor dem Auto wartet. Dann verschwindet er im Bahnhof und die Mutter steigt ins Auto. Sie wartet erst noch ein paar Minuten, dann fährt sie nach Hause.

Julie auf dem Weg zu Frank

Julie hat von Sam's Abreise nichts mitbekommen. Sie hat den Tag über Zuhause noch die Wäsche gewaschen, getrocknet und gebügelt, wie Ihre Mutter es gewünscht hat und richtet sich dann für den gemeinsamen Abend mit Frank und kleidet sich schick.

Frank wohnt im Nachbarort wo sich auch das Lokal befindet in dem sie zusammen etwas trinken gehen wollen. Frank hat momentan keinen festen Freund, er taumelt gerade so durchs leben. Auch Frank ist vor kurzem 18 Jahre alt geworden, hat aber noch keinen Führerschein, für den ist er zur Zeit am büffeln.

Julie verabschiedet sich Zuhause von Ihren Eltern und meint, dass sie vielleicht Heute bei ihrer Freundin Claudia übernachten wird. Das hat sie nur gesagt, weil sie Ihre Eltern wegen Frank nicht beunruhigen möchte. Die Eltern von Julie wissen, dass Frank aus dem Nachbarort schwul ist, denn so etwas spricht sich auf dem Land in den Achtzigern schnell rum. Sie können so etwas als streng Gläubige weder verstehen noch akzeptieren. Das weiß Julie und daher verschweigt sie vor ihren Eltern einfach ihre Freundschaft zu Frank.

"Tschüss Paps, Ciao Mam, falls was ist, ich bin dann in der Klause...", so heißt das Lokal wo sie mit Frank hin gehen will, "...und ansonsten bei Claudia".

Claudia hat sie natürlich eingeweiht, damit sie Bescheid weiß, falls ihre Mutter anrufen würde. Claudia hat einen festen Freund und wenn Julie's Mutter anruft, sollte sie einfach sagen, dass Julie zurück ruft, und Julie dann Bescheid sagen. Das machen die Beiden öfter so. Eine Hand wäscht die Andere.

Julie schnappt sich ihr Fahrrad und fährt los. Der Weg von Julie zu Frank führt durch einen kurzen Waldabschnitt in dem Julie öfters mit dem Fahrrad unterwegs ist, aber auch immer mit ein wenig Angst, da der Weg durch den Wald nicht beleuchtet ist. Sie erschreckt sich auch immer wenn sie ein Knistern oder Rauschen durch den Wald hört, es ist immer wieder schauerlich.

An diesem Abend hat sie jedoch keine Angst, da sie sich auf den Abend mit Frank besonders freut und dadurch abgelenkt ist. Sie fährt wie immer gemütlich vor sich hin und summt dabei Ihren Lieblingssong >Don't Worry, Be Happy" von Bobby McFerrin.

Plötzlich kommt wie aus dem Nichts eine dunkle Gestalt hinter einem Baum hervor.

Der oder die unbekannte hat eine schwarze Maske über den Kopf gezogen, trägt einen dunkelblauen Pullover und Jeans. Die Schuhgröße etwa 42, es sind Männerschuhe. Auch der Statur nach muss es ein Mann sein. Der schaurige Kerl reißt Julie vom Fahrrad und stülpt ihr einen Sack über den Kopf, wie man ihn früher zur Kartoffelernte benutzte. Dabei hält er ihr etwas, das sich wie ein Lauf von einer Pistole anfühlt, an ihren Kopf. Der unbekannte Täter verliert kein Wort und zerrt Julie ein Stück in den Wald. Es sind nur wenige Meter von dem Fahrradweg, aber für Julie ist der Weg, der nur wenige Sekunden dauert, ein langer, sehr langer Weg. Sie hört das knistern der Blätter, zerbrechen von Zweigen, über die sie gehen muss und schließlich noch ein plätschern von Wasser. Ja, es muss ein Bach sein. Der Boden wird plötzlich etwas härter, vermutlich ein Bretterboden.

Dann wird Julie von dem Unbekannten der Sack den er ihr über den Kopf gezogen hatte, mit einem Seil an ihrem Oberkörper zusammengeschnürt. Er beugt Sie über eine Art Geländer und bindet sie daran fest. Es muss das Brückengeländer einer Holzbrücke sein, die über einen Bach führt.

Julie versucht sich mit aller Gewalt zu wehren aber sie hat gegen den unbekannten starken Mann keine Chance. Sie weiß auch nicht, was der Mann von ihr will, sie hat doch niemanden was getan, was nach einer Rache verlangte.

Julie hat einfach nur noch Angst was geschehen wird. Sie ruft um Hilfe aber weit und breit ist niemand der sie hört und ihr zu Hilfe kommen könnte. Sie strampelt so gut es ihr noch möglich ist, aber die Bewegungsfreiheit in dem Sack ist sehr eingeschränkt.

Der unbekannte streicht Julie über den Rücken und kneift sie in den Po. Dann öffnet er seine Hose und streift sie sich bis zu seinen Knien, herunter.

Als Julie sein nun hart gewordenes Teil wie ein Metallrohr durch ihren Rock, Stumpfhose und Slip spürt, kann sie nur noch das schlimmste erahnen, dieser Mann möchte sie missbrauchen.

Julie's Körper verkrampft wie ein Eisklotz und da sie keine Chance mehr sieht und auch weiß, dass sie niemand hören kann, bricht sie nur noch in Tränen aus und fleht den Mann an "bitte lassen Sie mich in Ruhe, ich halte das nicht aus!"

Doch der Unbekannte lässt nicht locker.

Dann schiebt der Täter ihren royalblauen Minirock hoch, zieht ihr die neue Feinstrumpfhose mit Gewalt herunter, so dass diese in mehrere Fetzen zerreißt und schiebt ihren dunkelrot-schwarz gestreiften Tanga-Slip, welcher erst in den letzten Jahren zur Modeunterwäsche für modebewusste Frauen in Europa Einzug fand, zur Seite.

Die nun folgende Qual dauert nicht mehr als zwei Minuten, aber für Julie ist es eine Ewigkeit. Diese Schmerzen, die sie in diesen zwei Minuten erleiden muss, weil der feste Prügel ihre verkrampfte, bisher unberührte und eng gebaute Vagina gewaltsam durchdringt, sind nicht zu beschreiben.

Nachdem der Täter sein Verlangen vollständig befriedigt hat, lässt er Julie jedoch zum Glück im Unglück am Geländer gefesselt zurück und verschwindet mit dem Fahrrad von Julie.

Die nächsten Stunden sind für Julie wie endlose Jahre. Sie kann nichts sehen, sie kann sich nicht selbst befreien und an ihrem Oberschenkel läuft Flüssigkeit herunter, vielleicht Sperma, vielleicht aber auch Blut. Es ist Blut, aber Julie kann es ja nicht sehen. Nicht nur die erbarmungslose Qual verursachte das aus ihr fließende Blut, sondern dieser Fremde war auch der erste Mann, der in sie eingedrungen ist. Die schmerzen sind unerträglich, der gesamte Körper von Julie scheint ein Krampf zu sein, starre Muskeln von Bauch bis zu den Waden. Schmerzen, welche sich Julie nie hätte vorstellen können. Das Wasser des Baches plätschert weiter, als ob nichts geschehen ist, jedoch selbst die Vögel schienen ihren Atem verloren zu haben denn es ist kein Vogel mehr zu hören. Außer dem plätschernden Wasser toten Stille. Niemand, der Julie hören kann, wenn sie immer und immer wieder um Hilfe fleht. Die Zeit scheint still zu stehen.

Immer wieder spürt Julie die gewalttätigen Stöße, immer wieder die Schmerzen wie Schwertstiche im Unterleib.

>Warum ich?<

>Was sind das nur für Schweine, die so erbarmungslose Taten an Frauen durchführen?<

>Wann kommt endlich jemand der mich befreit?<

>Muss ich hier verbluten?<

>Muss ich sterben?<

>Oh Gott, hilf mir!<

In diesen Stunden kommen Julie immer wieder dieselben Fragen.

Etwa eine Stunde später macht sich Frank Sorgen, da Julie normalerweise immer pünktlich ist und macht sich fertig zum Ausgehen in der Vermutung, dass sie sich vielleicht direkt in der Klause verabredet haben und er es nicht mehr so genau weiß.

Er geht zur Klause, schaut durchs Fenster, kann aber Julie nicht entdecken. Dann läuft er nochmals zurück ob sie vielleicht doch in der Zwischenzeit bei Ihm Zuhause angekommen ist. Da entdeckt er das Fahrrad von Julie direkt vor seiner Gartenterrasse, aber von Julie keine Spur.

Verwundert darüber, was das Fahrrad ohne Julie bei Ihm vor der Tür macht, schnappt er sich das Fahrrad und fährt immer wieder die Straße hoch und runter, aber er kann Julie einfach nicht finden. Dann fährt er sogar bis zu Julie nach Hause, aber er traut sich nicht zu klingeln, da er weiß, dass ihre Eltern von seiner Verabredung mit Julie nichts wissen durften. Dann fährt er wieder zurück nach Hause und überlegt, was er tun soll.

Dann entschließt er sich, Julie's Freundin Claudia anzurufen, ob sie etwas weiß. Er erklärt Claudia von Julie's Fahrrad, welches seltsamer Weise vor seiner Wohnung ohne jegliche Spur von Julie abgestellt war und dass er Julie einfach nicht finden kann, obwohl er alle Wege von Julie bis zu sich nach Hause abgefahren sei.

Claudia ruft daraufhin bei den Eltern von Julie an, die aber bereits vor mindestens 2-3 Stunden ihre Tochter verabschiedet haben. Sie beichtet Julie's Eltern die Ausrede von Julie und klärt die Eltern in Bezug auf das Treffen zwischen Julie und Frank auf, aber dass Julie nicht bei Frank angekommen sei.

Die Eltern rufen sofort die Polizei, welche daraufhin den gesamten Ort und den Waldweg absuchen und Julie immer noch gefesselt an dem besagten Geländer, weinend, schreiend, jauchzend, um Hilfe flehend und von der Hüfte bis zu den Waden entkleidet, finden. Das Blut an ihren Oberschenkel ist inzwischen angetrocknet. Auch für die Beamten ist dieser Anblick kein Alltagsjob, denn noch nie wurde in diesem kleinen Ort eine solch schreckliche Vergewaltigung festgestellt. Einer der Beamten wird blass beim Anblick von Julie, der Andere ruft sofort einen Krankenwagen mit Notarzt, der binnen weniger Minuten am Tatort mit Blaulicht und Martinshorn eintrifft.

Julie, welche bereits vor dem Eintreffen des Notarztes von den Beamten entfesselt und notdürftig mit einer Decke umwickelt wurde wird zunächst vom Notarzt an Ort und Stelle untersucht und dann sofort ins Krankenhaus gefahren.

Wochenlange polizeiliche Ermittlungen

Um die Ermittlungen sofort aufnehmen zu können muss Julie noch am selben Abend die wichtigsten Details der Polizei mitteilen. Völlig beschämt im Beisein einer Psychologin, welche auf Vergewaltigungen und Missbrauch spezialisiert ist und Julie unterstützen soll die psychischen Folgen möglichst gering zu halten, schildert Julie die Vergewaltigung bis ins kleinste Detail.

Sie fängt an "Ich habe mich um 19:00 Uhr bei meinen Eltern verabschiedet..." und erzählt auch davon, dass sie sich heimlich mit Frank treffen wollte und dass Frank dies auch nicht so recht verstehen kann, dass ihre Eltern die Freundschaft nicht akzeptieren. "Meine Freundin Claudia hat mir immer wieder ein Alibi für meine Eltern verschaffen müssen..." und so ging die Vernehmung mehr als zwei Stunden.

Immer wieder brachen die Tränen bei Julie aus, "...es war keine Menschenseele unterwegs, der Neumond ließ keine gute Sicht zu auch wenn die Sterne am Himmel zu sehen waren. Niemand hätte mich hören können, selbst wenn ich noch lauter geschrieen hätte. Das Schwein zog mich vom Fahrrad und hat mir sofort den Sack über den Kopf gezogen, ich konnte außer dem blauen Pullover, der blauen Jeans, den Herrenschuhen und der schwarzen Maske nichts erkennen. Er sagte auch kein Wort, wodurch ich ihn vielleicht hätte erkennen können." Sie beteuert immer wieder, "...ich habe keine Feinde, ich kenne niemand, der mir solches Leid antun vermag. Meine Freunde können dies bezeugen."

"Als wir dann so 10-20 Meter vom Radweg im Wald an der Brücke des kleinen Baches angekommen sind, drückte er mir nochmals fest die Pistole oder was es war an die Stirn, dass meine Angst so groß wurde und ich eher inne hielt als mich weiter zu wehren. Er hätte mich ja töten können, ich weiß nicht ob das schlimmer gewesen wäre? Dann drückte er mich gegen das Brückengeländer, den Oberkörper fest oben drüber als wäre ich ein Sack."

Julie hält inne, dann "...war ich ja auch, zumindest meine Hülle. Mit dem Seil, welches er davor schon um den Sack um meinem Körper gebunden hatte, hat er mich dann am Geländer verknotet. Ich konnte mich kaum noch bewegen."

"Darf ich ein Glas Wasser haben, bitte?" Julie schwitzt noch sehr, ob es von der Aufregung oder vom Wetter kommt ist nicht zu erkennen. Im Krankenhaus ist es aber auch ein wenig stickig.

Der schwierigste Teil der Vernehmung dann die Vergewaltigung an sich.

"...nachdem er dann erst an sich selbst beschäftigt war bemerkte ich sein steifes Teil durch meine Kleidung hindurch. Da wurde mir erst richtig bewusst, was er wollte. Es ging alles so schnell und doch war es wie eine Ewigkeit."

Julie bricht in Tränen aus, nimmt einen Schluck Wasser und wischt sich mit einem Taschentuch, welches ihr einer der Polizisten reicht, übers Gesicht.

"Ich hatte noch nie Sex, wissen Sie!"

Die Beamten schauten sich gegenseitig an und wussten nicht, was sie antworten sollten.

Die Psychologin beruhigt Julie "Geht es noch, Julie? Wenn nicht ist es auch nicht so schlimm, aber je mehr Informationen die Beamten Heute bekommen, desto größer ist die Chance, den Täter zu finden, weißt Du?"

Julie dann weiter, "es geht schon, ist nur nicht so einfach. Als ich dann sein Teil an meinen Schenkel durch die Strumpfhose spürte, da verkrampfte sich mein ganzer Unterleib. Er zerriss meine Strumpfhose und ich spürte das feste Ding direkt auf meiner Haut. Ich bekam immer mehr Angst und schrie so laut ich konnte, aber niemand konnte mich hören..."

Julie geht tief in sich und schnauft immer tiefer.

"...dann schob er mein Höschen zur Seite und versuchte sein Glied in mich zu schieben, aber es war nicht so einfach, denn alles war so eng. alles verkrampft, ich konnte einfach nicht, aber das war ihm völlig egal. Mit Gewalt stoß er in mich hinein...", "...das tat so weh, jeder Stoß...", "...und immer wieder...", "...bis er zum Höhepunkt kam, das war so grausam, so schrecklich, so furchtbar".

Bei diesen Szenen, die ihr immer noch wie ein Film durch die Seele peitschen bricht sie wieder in vollen Tränen aus.

Die Beamten wollen die Verhältnisse zu Frank genauer erfahren, was er macht und ob er sich in einer festen Beziehung befindet. Auch möchten sie wissen, ob Julie irgendwelche Feinde oder Missgönner hat, welchen sie die Tat zutrauen würde oder ob sie den Täter beschreiben oder gar identifizieren könne, ob sie seine Stimme erkannt hat und was sie sonst noch zur Aufklärung der Tat beitragen kann. All das hat sie doch schon geschildert, oder?

Julie jedoch kann sich nur noch auf die genausten Details der abtrünnigen Schmach über sich erinnern, keine Stimme, kein Geruch, keine Geste. Nichts was auf den Täter selbst Hinweise geben könnte.

Die Beamten bedanken sich bei Julie und machen sich auf den Weg. Zunächst gehen sie zum Tatort, um die Spurensicherung aufzunehmen.

Der gesamte Tatort wird zur Spurensicherung abgesperrt und die Beamten suchen vergeblich nach der Tatwaffe und sonstigen Beweismitteln, welche den Täter überführen können. Es sind zu viele Schuhabdrücke, als dass man eindeutig die Schuhe des Täters identifizieren könnte. Auch die Pistole kann nicht gefunden werden.

Drei Tage intensiver Suche im Wald und auf dem Weg zwischen Julie's Zuhause und dem Weg bis zum Fahrrad, welches bei Frank abgestellt wurde, verliefen ohne überzeugende Ergebnisse.

Dann folgte eine wochenlange Fahndung nach dem unbekannten Täter, jedoch auch Diese brachte keine brauchbaren Beweise. Ein Phantombild des Täters konnte in den Zeitungen nur mit dunkler Kleidung und vermummten Gesicht durch eine Mütze veröffentlicht werden, worauf sich keine Zeugen meldeten.

Die Beamten konzentrieren sich vor allem auf das Fahrrad und wie es wohl vom Tatort zu Frank's Zuhause kam. Außer Julie's und Frank's Fingerabdrücken waren keine weiteren Spuren von einer dritten Person zu finden.

Auf den betroffenen Wegen konnten Zeugen nur Frank identifizieren, der wohl verzweifelt mit den Fahrrad von Julie an jenem Abend unterwegs war und auch am Gasthaus beobachtet wurde, wie er durch das Fenster gelauert hätte.

Die Zeugen konnten auch bestätigen, dass Frank wohl ein Außenseiter sei, der sich immer etwas seltsam verhielt.

Die Polizei kommt immer mehr auf den Verdacht, dass Frank als Täter in Frage kommt. Seine Fingerabdrücke sind die einzigen am Fahrrad, außer die von Julie. Er war der einzige der außer Claudia wusste, dass Julie an diesem Abend um genau diese Uhrzeit auf genau diesem Weg mit ihrem Fahrrad unterwegs sein würde. Er war angeblich allein Zuhause, keine Zeugen welche ihm ein Alibi verschaffen konnten. Angeblich soll er allein Zuhause auf seinen Führerschein gelernt haben. Er hat momentan weder einen Freund, noch eine Arbeitsstelle, lebt nur trostlos vor sich hin, ist er gar ein Psychopath?

Auch Gäste des Lokals Klause konnten bestätigen, wie Frank durch die Fensterscheibe geschaut haben soll und sich mit einem verängstigten Blick wieder davon schlich.

Frank hat die Kraft, Julie zu bändigen, sie zu fesseln, sie zu vergewaltigen.

Eine Pistole konnte nicht sicher gestellt werden, jedoch konnte Julie nicht eindeutig eine Pistole erkennen, also könnte es auch nur ein Stück Metallrohr oder ähnliches gewesen sein, welches bisher nicht aufgefunden werden konnte.

War Frank der brutale Vergewaltiger? Wollte er von Julie vielleicht mehr als nur eine gute Freundin? Wollte er Sex, die ihm die hübsche Julie nicht geben wollte und konnte?

Alle Indizien deuten darauf hin, dass nur Frank die Tat verüben konnte. Niemand sonst erscheint auch nur im geringsten in Frage zu kommen, die Missbrauchstat ausgeübt zu haben.

Frank wird unter dringendem Verdacht der Vergewaltigung in Untersuchungshaft festgenommen. Die Entscheidung sollen die Richter treffen.

Die Strafverhandlung von Frank

Es vergehen Wochen, ja Monate, bis es zu einem Gerichtstermin kommt. Julie kann es nicht fassen, dass gerade Frank sich an ihr vergangen haben soll aber je mehr Indizien durch die Ermittlungen der Polizei aufgedeckt werden, desto glaubwürdiger werden diese gegen Frank auch klar und immer verständlicher. Ja, es konnte nur Frank gewesen sein. Bei jedem Gedanken an jenen Samstag den 30sten sticht Julie es wie ein Messer durch den Unterleib, sie kann noch jeden Stoß spüren, den Frank Ihr bei gebeugtem Leibe von Hinten zugefügt hat. Jeder Tag ist ein grausamer Tag. Sie ist immer noch in psychologischer Behandlung um den Tag der Tage zu verarbeiten, der doch so schön begonnen hatte. Nie wird sie sich von dem Schock jener Nacht erholen und nie mehr vertrauen gegenüber einer männlichen Person aufbauen können.

Dann plötzlich, schon fast vergessen, flattert ein gelber Brief vom Gericht ins Haus, ein Brief, den Julie persönlich in Empfang nehmen muss. Es ist die Ladung zur Hauptverhandlung, ein Freitag, der 13. Ist das Zufall?

Es ist ein typischer Aprilwettertag im Folgejahr ihrer Misshandlung, es regnet in strömen als Julie am Freitag, 13. April 1990, begleitet von Ihren Eltern das Gerichtsgebäude betritt.

Die große Tür des Gerichtsgebäudes gleicht einem riesigen Tor, das schwer zu öffnen ist, da muss der Vater von Julie schon ein wenig nachhelfen, denn Julie ist auch an diesem Tag völlig kraftlos. Die Tür geöffnet stehen auch schon Reporter der hiesigen Tageszeitung im Flur des Gerichtsgebäudes, welche die schreckliche Tat v. 30.September vorigen Jahres mit verfolgt hatten und jetzt gespannt das Urteil des hohen Gerichts mit Spannung erwarten.

Julie wird von Ihrem Anwalt und den Eltern von den wie Geiern wartenden Reportern abgeschirmt, welche gerne jede Möglichkeit suchen, Julie bezüglich der obszönen Tat Fragen zu stellen. Julie neigt den Kopf nach unten, hält ihre Hand vor ihr Gesicht und lässt sich zwischen Mutter und Vater durch die Menge führen.

Endlich im Gerichtssaal angekommen wird Julie überrascht von der Anzahl der Personen, die am Gerichtstermin teil nehmen. Julie hat den Angeklagten Frank mit Rechtsanwalt und einen Richter erwartet. Da sitzt plötzlich nicht nur ein Richter und sogar noch weitere Personen, die sie nicht zuordnen kann. Sie schreckt sich hinter ihrem Rechtsanwalt zurück, er erklärt ihr jedoch sofort, "keine Angst, das sind die Schöffen, welche bei schweren Straftaten bei der Urteilsfindung mitwirken, es sind Menschen wie Sie und ich, Lehrer, Erzieher und auch andere Berufsständler. Sie allein entscheiden zusammen mit den Richtern über die Schuld für den Angeklagten, die Richter nur über die Höhe der Strafe. So soll gewährleistet werden, dass das Urteil dem Gerechtigkeitsempfinden der Bevölkerung Rechnung trägt".

Die Verhandlung geht mehr als 2 Stunden.

Julie muss wieder einmal den gesamten Ablauf Ihrer grausamen Vergewaltigung schildern. Ihr Rechtsanwalt unterstützt sie und reicht ihr ein Taschentuch, als immer wieder Tränen aus Ihren strahlendblauen Augen wie ein Bächlein über Ihre Wangen laufen. Einmal muss die Verhandlung sogar für 20 Minuten unterbrochen werden, da Julie nicht mehr sprechen kann. All die vielen Leute im Gerichtssaal, die ganzen Horrorszenen, welche Julie immer wieder in den Kreuzverhörungen mehrmals darstellen muss und dann noch die Frage >glauben die Richter, die Schöffen, all die anderen Leute meinen Worten?<, denn >...wenn mir immer wieder die selben Fragen gestellt werden, ist das für mich kein Vertrauensbeweis.<

Julie kann Frank nicht als Täter identifizieren. Einerseits zeigen alle Beweise wie ein Zeigefinger auf Frank, andererseits war doch Frank ihr bester Freund.

Die Rechtsanwälte stellen auch Frank jegliche Fragen über den Abend des 30. September 1989. Warum seine Fingerabdrücke am Fahrrad waren, warum das Fahrrad an seinem Haus gefunden wurde, wo er an jenem Abend zwischen 19:00 Uhr und 20:00 Uhr gewesen war, ob er Zeugen für den Aufenthalt Zuhause hat, welche sein Lernen auf den Führerschein bestätigen können, Fragen über seine persönlichen Verhältnisse, seine Arbeitslosigkeit, ob er Drogen nimmt. Auch wo er die Waffe und Tarnkleidung versteckt habe und vieles mehr. Warum, wieso, weshalb, wer, wie, wo, was...

So sehr sich Frank auch anstrengt die Fragen zu beantworten, er kann die schwere Last auf seinen Schultern nicht von sich wenden. Er beteuert immer wieder seine Unschuld, zeigt keine Reue und fleht die Richter und Schöffen, den strengen Staatsanwalt und den Anwalt der Nebenklägerin Julie als auch Julie selbst an, Ihm seine Geschichte ab zu kaufen. Immer wieder "Ich war es nicht, ich bin ihr Freund, ihr bester Kumpel, warum ich? Ich habe sie nur gesucht, weil ich auf sie gewartet habe und sie nicht kam. Ich bin kein Vergewaltiger."

Dann die Anträge der Klage. Der Staatsanwalt fordert Aufgrund der schwere des Vergehens, Vergewaltigung, Freiheitsberaubung unter Androhung einer Waffe, welche zwar nicht aufgefunden werden konnte und mit Hinweis auf alle Anschuldigungen, welche vom Beklagten nicht widerlegt werden konnten, eine Freiheitsstrafe von 10 Jahren.

Der Anwalt des Beklagten Frank versucht noch mit allen Mitteln, den Richter und Schöffen klar zu machen, dass keine der Anschuldigungen mit völliger Sicherheit dem Beklagten zur Last gelegt werden können, wenn auch die Beweislage leider gegen ihn sprechen. Er versucht dem hohen Gericht weiterhin ins Gewissen zu reden, dass sie hier ggf. einem unschuldigen Menschen seine Freiheit nehmen und ihm dadurch sein ganzes ihm vorliegende Leben verbauen. Er stellt den Antrag auf Freispruch aus Mangels an Beweisen.

Die Richter und Schöffen ziehen sich zur Beratung zurück, wieder eine Pause von fast einer Stunde. Julie zweifelt an der Schuld von Frank aber alles was man gegen ihn vorgebracht hatte, konnte er nicht widerlegen, also muss er der Täter gewesen sein. Sie sieht Frank mit weinenden, blau herab laufender Schminke zwischen Nase und ihren inzwischen rot angelaufenen Bäckchen, einerseits mit Hass, andererseits mit Zweifel an. Sie findet keine Worte aber er würde sie auch nicht hören, denn zwischen ihnen befindet sich eine Dicke, schalldämmende Fensterscheibe.

Die Richter und Schöffen betreten den Saal, alle nehmen wieder ihre Plätze ein und die Urteilsverkündung wird verlesen.

"Im Namen des Folkes ergeht folgendes Urteil.
Frank B wird zu 8 Jahren Freiheitsstrafe ohne Bewährung verurteilt.
Besonders schwerwiegend wird die unbeugsame und ohne Reue bekundete Unschuldsbeteuerung des Beklagten geahndet, die Brutalität mit welcher der Beklagte das chancenlose Opfer mit Waffengewalt der Freiheit beraubt und nicht zuletzt die Würde der Frau durch sexuelle Misshandlung angetastet und sich ihm unterworfen hatte."

Der Anwalt übernimmt noch einmal das Wort für seinen verurteilten Mandanten Frank. Als letzten Satz seiner Schlussrede wendet er sich an das hohe Gericht, die Richter und Schöffen, "mein Mandant, sehen Sie ihn sich genau an, wird nicht der erste und auch nicht der letzte unschuldig Verurteilte sein und bleiben".

Das letzte Wort bekommt der Beklagte. Er dreht sich zu Julie, nimmt seine Hände vor sein Gesicht, Tränen in seinen Augen, dann zum Schluss: "Julie, ich flehe dich an, bitte glaube mir, ich war es nicht. Der Täter läuft da draußen noch irgendwo frei herum!"

Dann wird Frank von zwei Beamten abgeführt.

Sam geht ins Kloster

Sam, der inzwischen in Berlin ein Zimmer und einen Job als Kellner in einer Bar gefunden hat, erfuhr von seiner Mutter von der tragischen Misshandlung, welche Julie nach seiner Abreise erlitten hatte.

Als er von der Verurteilung des Täters Frank erfährt und wie sehr seine Julie unter der Pein immer noch leidet, hat auch er immer wieder Alpträume.

Es lässt ihn einfach nicht los und man merkt ihm zunehmend an, dass er die Vergangenheit nicht so einfach wegzustecken vermag. Als er von Zuhause nach Berlin gezogen ist hatte er noch 80 kg, Heute, ein halbes Jahr später gerade mal noch 69, was für seine Größe von 178 cm wirklich zu wenig ist.

Sam spaziert durch einen Park, sitzt nachdenklich auf einer Parkbank und trifft dort einen Priester aus einem nahe gelegenen Kloster, der ihm seine Verzweiflung ansieht und ihm Hilfe anbietet.

"Ich bin Seelsorger, mit mir können Sie über alles reden, wir sind gute Zuhörer und möchten unseren Schafen eine Horde der Gemeinschaft bieten. Bei mir ist auch jedes Geheimnis in Guten Händen. Lassen Sie sich Zeit und wenn Sie wollen, freue ich mich auf Ihren Besuch in unserem Kloster".

Der Name des Priesters ist Karkas, ein Name, den Sam noch nie zuvor gehört hatte. Zuerst möchte Sam die Hilfe von Priester Karkas nicht annehmen aber nachdem er letztlich durch Nachlässigkeit auch noch seinen Job verliert, immer tiefer in ein Loch der Verzweiflung gerät, sucht er die Pforte des Klosters auf.

Er steht vor dem Kloster, eine riesige Mauer umschließt das große Areal des Klosters und nur noch ein schweres altes Holztor trennt ihn von der Außenwelt zum Innenleben des Klosters.

Er steht ein paar Minuten nachdenklich davor und denkt sich >soll ich wirklich anklopfen?<, als ihm plötzlich die Entscheidung abgenommen wird. Ein Pater öffnet die knarrende Tür, welche auch mal einen Tropfen Öl vertragen könnte, und bittet den Hilfesuchenden Fremden herein. "Wie kann ich ihnen Helfen? Darf ich Ihnen ein Glas Tee anbieten? Unsere Tore stehen Jedem jederzeit offen."

Schweigen.

"Treten Sie doch näher, Junger Mann. Wie kann ich ihnen behilflich sein? Suchen Sie jemanden?" fährt der Pater fort und wiederholt sich dabei.

"Wohnt hier Priester Karkas, ich glaube so ist sein Name?" erwidert Sam.

"Ja, Priester Karkas ist gerade zum Gebet. Ich bringe Sie in die Küche, lasse Ihnen einen Tee zubereiten und hole ihn dann zu Ihnen. Ich denke seine Gebetsstunde dürfte gleich zu Ende sein. Bitte folgen Sie mir."

Ganz mulmig ist Sam ja nicht gerade aber er begleitet den freundlichen Herrn in die Küche, wo er einen Tee und zwei Kekse zu sich nimmt.

"Woher kennen Sie Priester Karkas? Ist er ein Freund von Ihnen?"

Sam verdutzt: "wir kennen uns vom Park, er hat mich angesprochen als ich auf einer Parkbank saß und wir haben uns längere Zeit unterhalten. Das war ein tolles Gespräch und ich möchte gerne mehr über das Leben im Kloster erfahren. Ja genau, deshalb bin ich hier."

"Na dann schaue ich mal nach Priester Karkas. Fühlen Sie sich wie Zuhause."

Nach wenigen Minuten kommen der Pater und der Priester gemeinsam zurück und Priester Karkas begrüßt Sam als wären sie bereits seit langer Zeit gute Freunde. So etwas kannte Sam überhaupt nicht. Draußen herrscht pures Überleben und jeder kämpft für sich. Hier im Kloster scheint die Welt noch in Ordnung zu sein. Friede zwischen den Menschen ist hier spürbar.

Der Priester und Frank unterhalten sich den ganzen Abend, plaudern über Gott und die Welt, wie sie sich kennen gelernt haben und vieles mehr.. Frank erzählt von seiner verlorenen Liebe und dass er wegen Ihr nach Berlin ausgewandert sei. Priester Karkas schenkt Sam sein ungeteiltes Gehör, kann sogar parallelen zu seiner eigenen Vorgeschichte feststellen und erzählt Sam, dass auch er wegen einer Frau sein Leben im Kloster einst begann. "Dann habe ich hier ein Theologie Studium absolviert und leite nun einen Bereich unseres Klosters, halte Messen, betreibe Seelsorge und manchmal treffe ich auf ein verlorenes Schaf." Dabei schmunzelt er und klopft Sam auf die Schulter. Auch Sam muss grinsen.

Sam fragt Karkas, ob er für ein paar Tage das Leben im Kloster kennen lernen darf, da er sich Zuhause nicht mehr sehr wohl fühle, worauf der Priester sofort den Pater bittet, ein Zimmer für den jungen Herrn vorzubereiten.

Sam hilft an den folgenden Tagen in der Küche, bei den Gartenarbeiten und was sonst so alles an Arbeit anfällt. Nach wenigen Tagen holt er seine sieben Sachen aus seiner Wohnung, kündigt diese und verbringt fast unglaubliche 15 Jahre in dem Kloster, aber ein Gelübde konnte er nicht ablegen, dazu war er einfach nicht bereit.

Die Jahre im Kloster vergehen, Sam arbeitet überall im Kloster mit und kennt jeden Winkel. Erst arbeitet er in der Küche, dann ist er für die Einkäufe für die Kantine zuständig, versucht sich als Gärtner und übernimmt schließlich die Aufgabe des Hausmeisters. Dabei erledigt er jede Reparatur im Haus, schaut dass der Garten immer in voller Blüte steht und bekommt sogar zwei Helfer, die ihn bei seiner Arbeit unterstützen.

Eigentlich ist er im Kloster ganz zufrieden, wenn da nicht irgendwo tief in seinem Inneren immer wieder der Gedanke an Julie wäre.

Seine Alpträume bezüglich Julie holen ihn immer wieder ein, jedoch diese Träume sind das einzige, welche er mit niemanden Teilt, auch nicht mit Priester Karkas, der sonst alles von ihm weiß und dem er sonst alles anvertraut.

Priester Karkas bemerkt selbstverständlich, dass tief im inneren von Sam etwas lauert, was er gerne mit ihm teilen möchte, aber er wartet ab, bis ihm der junge Sam von allein sein gesamtes Vertrauen schenken wird.

So vergehen im Kloster Jahr für Jahr.

Sam hat zwar immer wieder Briefkontakt zu seiner Mutter aber in Bezug auf Julie wird nicht viel ausgetauscht. Sam berichtet über seine Aufgaben im Kloster, wie es ihm gefällt und dass er in Priester Karkas, aber auch in den anderen Kollegen, Freunde gefunden hat, die er im normalen Leben nicht hätte finden können.

Seine Mutter berichtet hauptsächlich über die Neuigkeiten am Ort und dass Sam ihr fehlen würde, was Sam ebenfalls erwidert.

Immer wieder schreibt Sam seiner Mutter, dass er gerne und bald nach Hause kommen würde, um seine Mutter zu besuchen.

Die Schicksalsjahre von Julie

Nun aber zurück zu Julie.

Die Folgen der Vergewaltigung sind nicht spurlos vorüber gegangen. Nicht nur die psychologische Belastung ist es, was sie geprägt hat, nein, aus der Vergewaltigung ging eine kleine Tochter namens Sally hervor.

Nach der Vergewaltigung wollte Julie nicht mehr die Julie von früher sein. Deshalb suchte sie nach einer Veränderung. Eine Freundin machte ihr künstliche Fingernägel, die doppelt so lang sind, wie ihre eigenen es waren. Ihre blonden Haare ließ sie schwarz färben und auch an den Augenbrauen ließ sie fachmännisch Hand an legen. Dadurch sieht sie zwar Heute anders aus, aber noch genau so hübsch, wenn nicht sogar noch hübscher, als früher.

Die kleine Sally ist genauso hübsch wie ihre Mutter Julie, sie hat schwarzes Seidenhaar, blaugrüne Augen und ist inzwischen bereits 3 Jahre alt. Im Sommer kommt sie in den Kindergarten.

Mutter und Kind hatten es die letzten drei Jahre wirklich nicht einfach. Allein erziehend mit Unterstützung vom Amt hatte Julie eine 2-Zimmer-Wohnung zugesprochen bekommen und ein kleiner Nebenverdienst päppelte die Haushaltskasse über die Jahre ein wenig auf. Die einstige Karriere als Juristin hatte Julie für ihre kleine Sally an den Nagel gehängt. Aber mittlerweile sind die beiden glücklich und jeder im Ort kennt die beiden als Vorzeige Mutter-Kind-Familie.

Die kleine Sally wächst zur Schülerin heran und ist sogar Klassenbeste. Dadurch besucht sie auch wie ihre Mutter damals das Gymnasium.

Mutter Julie kann kein Vertrauen mehr zu Männer aufbauen, da die Schmach und der Schock immer noch tief in ihr sitzen.

Seit Sally im Gymnasium ist, hat sich Julie beruflich neu orientiert und sogar noch eine Ausbildung zur Rechtsanwaltsgehilfin absolviert. Sie arbeitet in einer anerkannten Kanzlei und kann sogar nach mehreren Jahren sich und ihre Tochter ohne Unterstützung finanziell unterhalten, was sie kräftigt und wieder aufbaut.

Die Vergewaltigung hat Julie zwar verändert, ihre Liebe zu Sally hat sie jedoch wohl gestärkt und ihrem Leben neuen Mut und Lebenssinn gegeben.

Die Jahre vergehen.

Sally ist inzwischen schon 15 Jahre und hat den netten jungen Mann Alfredo kennen gelernt.

Der gleichaltrige Alfredo ist ohne Eltern im Heim aufgewachsen und versteht sich mit Sally sehr gut.

Auch wenn Alfredo schwul ist, die beiden sind wie Pech und Schwefel und für jeden Scheiß zu haben. Sie sind fast täglich zusammen, lernen gemeinsam, gehen zusammen ins Kino, besuchen Freizeitparks, gehen miteinander ins Schwimmbad oder ins Strandbad am See und haben auch gemeinsame Freunde.

Nur Mutter Julie darf von dem schwulen Alfredo nicht erfahren, da sie mit Frank ein Erlebnis hatte, welches sie sonst auf die Beziehung zwischen Sally und Alfredo projizieren könnte.

Daher stellt Sally ihren Freund Alfredo einfach als heterosexueller Freund der Mutter vor. Auch dass Alfredo im Heim aufwächst verschweigt Sally ihrer Mutter Julie. Julie hat bisher immer einen großen Bogen um das Heim gemacht und wenn Sally Fragen über das Heim gestellt hatte, kamen von Mutter Julie immer nur spärliche Antworten, so dass Sally bemerkte, dass Julie nicht gerne über das Heim redet.

So ist für alle die Welt in Ordnung und jeder kann für sich sein Leben genießen.

16 Jahre nach Julie's Vergewaltigung

Frank hat inzwischen seine Haftstrafe vollständig abgesessen. Da er immer wieder seine Unschuld beteuerte wurde jegliches vorzeitiges Gnadengesuch aus Mangel an Reue abgewiesen. Auch die letzten 8 Jahre seit seiner Haftentlassung ist er weiterhin unter psychologischer Beobachtung und muss sich immer wieder in der Psychiatrie vorstellig machen. Seine Vorstrafe wird ihn nie mehr loslassen. Es gelingt ihm zwar immer wieder, einen Job zu bekommen, welche aber nie von langer Dauer sind weil ihn seine Vergangenheit immer wieder einholt. Er wird für immer ein Vergewaltiger bleiben, was ihm sein Umfeld auch immer wieder klar zeigt.

Sam ist inzwischen bereits zum Inventar vom Kloster geworden und hat sich als Hausmeister sehr gut integriert. Er hat auch immer regen Briefkontakt zu seiner Mutter, aber eins hat sie ihm bis Heute verschwiegen, dass Julie eine Tochter hat und immer noch ohne feste Beziehung lebt.

Im letzten Brief hat die Mutter Sam zum ersten mal versehentlich und ohne sich etwas dabei zu denken von Julie's Tochter geschrieben, eigentlich nur, weil Sally als Klassenbeste in der Zeitung abgebildet war. Dabei hat sie auch erwähnt, dass Julie die kleine Sally als allein erziehende Mutter ohne Partner groß gezogen hat und sie bis Heute mit ihrer Tochter alleine lebt.

Als Sam dies erfährt, ziehen viele Gedanken durch seinen Kopf und er beschließt, wieder einmal seine alte Heimat zu besuchen.

An seinem 34sten Geburtstag am 30. September 2005 fährt Sam zum ersten Mal nach so langer Zeit zurück zu seiner Mutter, um Zuhause am Bodensee seinen Geburtstag im engsten Kreise seiner Familie zu feiern.

Auf der Straße im Heimatort trifft er Julie. Die beiden haben sich so lange nicht mehr gesehen. Sie umarmen sich und Sam bittet Julie, doch zu seinem Geburtstag zu sich nach Hause zu kommen da er nur für ein paar Tage zu Besuch bleiben und danach wieder nach Berlin zurückkehren werde.

Julie freut sich über die Einladung und sagt zu.

Vor Freude auf das Wiedersehen mit Sam geht Sie erst einmal ein Geschenk für Sam besorgen, noch ein paar neue Schuhe und ein neues Kleid. Am Abend macht sie sich auf den Weg zu Sam.

Sam und Julie haben sich viel zu erzählen und der Abend scheint kein Ende zu nehmen. Die restlichen Gäste, die Tante und der Onkel von Sam, welche extra zum Geburtstag von Sam gekommen waren, um den verschollenen Sohn nach mehr als 15 Jahren wieder mal sehen zu können, verabschieden sich um ca. 22:00 Uhr. Gegen 23:30 Uhr geht auch Sam's Mutter ins Bett doch die beiden, Sam und Julie, finden immer wieder neue wichtige Dinge, die sie sich gegenseitig noch erzählen müssen.

Julie erzählt Sam von ihrer Tochter Sally und dass sie diese allein erzieht, verschweigt aber auch dass Sally das Ergebnis einer Vergewaltigung ist. Sam fragt auch nicht weiter nach und akzeptiert die Lage wie sie ist. Hauptsache seine Julie ist glücklich und er darf an ihrer Seite sitzen.

Julie möchte mehr über das Leben im Kloster erfahren und Sam erzählt und erzählt von seinen Freunden, den Patern und Priestern, welche ihn aus seiner arbeitslosen Situation geholfen und herzlich aufgenommen haben.

Sam fühlt sich so wohl seine Julie wieder in die Arme nehmen zu können.

Auch Julie hat ein wohliges Gefühl in den Armen von Sam, ein Gefühl, das sie lange nicht mehr hatte.

So ist es dann bereits 4:00 Uhr in der Früh als die beiden dann auf dem Sofa gemeinsam einschlafen.

Am Morgen betritt die Mutter von Sam das Wohnzimmer und sieht die beiden wie zwei Turteltäubchen liegen. Julie hat Ihren Arm um die Schulter von Sam gelegt und die Hand von Sam lag im Schoss von Julie.

>Was wäre das doch ein schönes Paar< denkt die Mutter von Sam und lässt die beiden weiter schlafen.

Zum Frühstück holt die Mutter von Sam ein paar frische Brötchen und die drei frühstücken gemeinsam Kaffee, Marmeladebrötchen, Wurst und Käse und erzählen weiter und weiter.

Julie bemerkt, dass sie eigentlich längst Zuhause sein sollte weil Tochter Sally ganz alleine Zuhause ist. "Ich muss jetzt aber gehen, vielen Dank für den schönen Abend. Wie lange bleibst Du noch?", fragt sie Sam.

"Ein paar Tage vielleicht? Da können wir uns ja noch mal treffen."

"Wie wäre es Heute Nachmittag?" Grinst Julie. Sam lacht und stimmt freudestrahlend zu.

Julie verliebt sich in Sam

In den folgenden Tagen verbringen die Beiden noch viel Zeit miteinander.
Julie stellt Sam ihre Tochter Sally vor und auch die beiden haben sofort ein freundschaftliches Verhältnis.
Julie bittet Sam zu bleiben.
"Ich möchte es doch mit dir versuchen. Du warst und bist einfach schon immer mein bester Freund und vielleicht musste ich erst viele Hörner abstoßen, bevor ich dies jetzt endlich erkannt habe. Bitte bleib bei uns, bitte lass es uns versuchen."
Sam ist etwas nachdenklich aber diese Chance kann er sich nicht entgehen lassen.
"Ja, lass uns ganz von vorne anfangen, ich liebe Dich. Ich habe Dich immer geliebt, das weißt Du doch, oder?"
"Natürlich weiß ich das, Du hast es mir ja unweigerlich immer wieder gesagt, als ich noch zu naiv war um es verstehen zu können."
Sam telefoniert mit Karkas und berichtet ihm von seiner neuen alten Liebe mit Julie und dass er gerne zurück nach Hause möchte. Karkas verliert zwar dadurch einen guten Hausmeister aber die Freude über das Glück von Sam überschattet seine Trauer darüber hinweg.
Julie und Sam fahren zusammen ins Kloster nähe Berlin. Sie haben sich extra einen kleinen Transporter gemietet, um alle Sachen von Sam, welche sich in den letzten 15 Jahren im Kloster angesammelt haben, auf einmal abzuholen. Priester Karkas unterhält sich noch Stundenlang mit den Beiden bevor er sich dann von ihnen mit den besten Wünschen für deren Zukunft verabschiedet und dem Angebot "Wenn Ihr mal heiratet, möchte ich Euer Priester sein." grinst er noch einmal, bevor die beiden dann endlich das Kloster verlassen. "Abgemacht" erwidern beide gleichzeitig und alle drei müssen plötzlich noch einmal herzhaft lachen, weil die Stimmen so synchron die selbe Antwort parat haben.
Julie, Sam und Sally unternehmen die nächsten Tage, Wochen, ja Monate alles gemeinsam. Sie fahren mit dem Boot über den See, gehen in Freizeitparks, besuchen Tierparks und vieles mehr. Das Glück scheint kein Ende zu nehmen. Julie hat endlich ihren Lebenspartner gefunden, dem sie wie schon immer vertrauen kann.

Julie und Sam heiraten

Es geht nicht lange und Sam macht seiner großen Jugendliebe einen Heiratsantrag. Nicht nur einen gewöhnlichen Antrag, nein er ist einfach spektakulär.

Sam lädt Julie zu einer Sylvesterparty am 31.12.2005, also noch im selben Jahr, in dem er vom Kloster zurückgekommen ist, auf dem größten Partyschiff am Bodensee ein. Der Abend ist unvergesslich schön. Es sind bestimmt 800 Personen an Bord und die Stimmung ist gigantisch. Die meisten Damen tragen Abendkleid, die Herren Anzug, teils mit Krawatte, teils sogar Fliege, viele aber auch ohne. Manche kommen sogar in Jeans, das wird nicht so eng gesehen, denn schließlich sollen alle Gäste einfach Spaß haben und dabei soll eine Etikette nicht im Wege stehen. Spaß haben die Gäste wirklich und auch Sam und Julie amüsieren sich prächtig.

Der Abend beginnt mit einem grandiosen Buffet. Da fehlt es an gar nichts. So viele Fischsorten hat Julie noch nie gesehen, unterschiedliche Lachssorten, Kaviar in verschiedenen Farben, unterschiedlich große Makrelen oder was das sind, verschiedene Fischfilets, Hummer, Krabben, Garnelen, Shrimps und auch das bekannte Bodenseefelchen darf nicht fehlen. Salate vom Feinsten und auch Sam bekommt seine schwäbischen Spätzle, welche er in Berlin immer vermisst hat. Es gibt sieben Sorten Fleisch, zweierlei Geflügel, Schweinemedaillons, zartrosa gebratenes Rinderhüftsteak, Zwiebelrostbraten, Rinderfiletsteak und auch ein ganz normales Wiener Schnitzel.

Das alles können Sam und Julie nicht probieren, sie nehmen sich aber von den meisten Leckereien ein Stück um wenigstens von möglichst vielem zu kosten.

Noch bevor das Buffet abgeräumt wird beginnt die Musikkapelle an zu spielen. Die Musikrichtung ist genau auf Julie und Sam abgestimmt, denn Sie mögen beide Rock und Pop, aber zwischendurch auch Schlagermusik und der Abend bietet von allem ein wenig. So kommen Sie auch zum Tanzen, Abrocken und hin und wieder auch zu einem gemütlichen Schwof.

Dann noch das Dessertbuffet, welches erst nach dem Abräumen der Hauptgänge aufgebaut wird. Sam ist schon so satt, aber hier muss er einfach noch zugreifen, es ist zu verführerisch. Seinen Vanillegeschmack treffen bestimmt fünf oder mehr der Leckereien. Auch Julie nimmt sich noch ein Stück süßes, da kommt sie einfach nicht dran vorbei.

Um kurz vor 24:00 Uhr verzieht sich Sam um kurz auf Toilette zu gehen. Dann, um 23:55 und 50 Sekunden wird vom Moderator auf dem Schiff das große Sylvesterfeuerwerk angekündigt und er weist alle Gäste darauf hin, dass sie sich für das neue Jahr etwas schönes wünschen sollen.

Julie wünscht sich eine tolle Hochzeit mit Sam, >aber wo ist er denn so lange? Das Feuerwerk beginnt doch gleich und ich möchte doch mit meinem Liebsten als Erste auf das Neue Jahr anstoßen.<

Dann zählen bereits die Gäste das neue Jahr an.

10 - 9 - 8 - 7 - 6 - 5 - 4 - 3 - 2 - 1 - und anstatt PROSIT NEUJAHR kam auf der Bühne hinter dem Vorhang plötzlich Sam hervor. Nicht nur Sam war mit einem riesigen Strauß roter Backararosen auf der Bühne. Auch Tochter Sally mit Ihrem Kumpel Alfredo, die Mutter von Sam und auch die Eltern von Julie standen auf der Bühne Spalier.

Totenstille im Saal, Spannung pur. Sam übernimmt das Mikrophon, geht in die Knie, hebt vor Julie die strahlenden roten Rosen mit bestimmt einem Meter langen Stil und bittet mit Tränen in den Augen, ja er fleht Julie regelrecht an, "Willst Du meine Frau werden?"

Der Saal tobt und Julie spritzen die Tränen nur so aus den Augen. Sie stürmt auf Sam zu mit den Worten "Ja, ja, ja, ja, ja, ja..." und schreit immer lauter, wobei man sie wegen der Tränen kaum verstehen kann "...ja, ja, ja, ja, ja, ja".

Dann erst wird das große Feuerwerk gezündet. Es ist der schönste Tag in Julie's Leben. Die Feier geht bis in die Morgenstunden, als das Schiff um 6:00 Uhr in der Früh den Hafen von Friedrichshafen ansteuert.

Die Hochzeitsvorbereitungen beginnen und das große Fest soll noch größer als die Sylvesterparty werden. Sam bittet einen Onkel, der in einem Schloss als Kellner arbeitet, für seine Hochzeit um den Rittersaal zu fragen. Natürlich hat der Schlossherr für den Neffen seines treuen Angestellten sofort zugesagt.

Sam ruft Priester Karkas an und teilt ihm die Neuigkeit mit. "Wir heiraten! ..." ruft er stolz durch das Telefon "... und nichts würde uns mehr freuen, als wenn Du uns trauen würdest. Das war doch abgemacht, oder?"

Karkas fragt nach, wo die Hochzeit stattfinden soll. Denn wenn sie nicht in seinem Kloster stattfindet muss er ja seinen Urlaub nach der Hochzeit planen, denn die lässt sich Karkas nicht entgehen, zumal er ja bereits vor längerer Zeit versprochen hatte, dass er die Trauung vollziehen würde.

Die Trauung soll am Bodensee stattfinden. Sam und Priester Karkas übernehmen die organisatorischen Aufgaben, welche mit dem örtlichen Priester abgestimmt werden müssen, aber es gibt keinerlei Probleme.

Der örtliche Priester versteht selbstverständlich, dass Julie und Sam Priester Karkas als Traupriester nehmen möchten.

Es ist der 06.06.2006, an dem sich Julie und Sam ihr Ja-Wort auf dem Standesamt geben. Ein Datum, das viele Paare zur Trauung nutzen.

Die kirchliche Trauung findet am 10.06.2006 in einer kleinen Kirche, einer Wallfahrtskirche, statt.

Es kommen viele Gäste, die Familienmitglieder, Freunde und Bekannte aber auch jede Menge Leute aus dem Dorf, um dem glücklichen Paar die besten Glückwünsche für deren Zukunft mit auf den Weg zu geben. Es ist ein schöner sonniger Tag und an der anschließenden Feier, wo auch eine Musikkapelle spielt, nehmen 124 Personen aus dem engsten Bekanntenkreis teil. Auch Priester Karkas genießt den Abend bevor er am nächsten Tag wieder nach Berlin fährt.

Die Affäre

Zwei Jahre nach der Hochzeit von Julie und Sam schleicht sich der Alltag in der Familie ein und Julie und Sam streiten sich fast täglich.

Tochter Sally versucht immer wieder zwischen den Beiden zu schlichten. Sie versteht sich fast besser mit Sam als mit Ihrer Mutter Julie, was vielleicht darauf zurückzuführen ist, dass sie lange Jahre ohne Vater aufgewachsen ist.

Sally schmust sich gerne Abends auf dem Sofa an Sam, der Ihr neben dem Fernsehen den Rücken krault und den Nacken massiert. Julie indessen bereitet das Abendessen vor, macht sich an die Bügelwäsche und nimmt sich für Sam nur noch wenige Minuten am Tag und gerade mal einmal pro Woche oder weniger für Sex mit Sam Zeit, Streicheleinheiten sind schon lange Mangelware.

Sally jedoch genießt das Zusammensein mit Sam, ja sie verliebt sich sogar ein wenig in seine zarten Hände, die immer wieder ihren Rücken rauf und runter gleiten. Geschickt dreht sie sich immer mehr so an Sam, dass seine Finger bis zum Slip reichen und hofft dabei, dass diese den Weg schon finden werden.

Sam denkt sich die erste Zeit nichts dabei, hat allerdings die weiblichen Formen von Sally bemerkt und genießt es, diese zärtlich zu berühren. Manchmal gleiten seine Hände wie von selbst über die jungen, festen Brüste von Sally, so dass die Brustwarzen anwachsen und da die junge Dame dies auch genießt, gehen die Finger immer weiter, bis sie sogar hin und wieder im Schoss auf feuchte Stellen treffen.

An einem Donnerstag Abend im August macht sich Julie mit zwei Freundinnen einen schönen Abend im Restaurant, hat viel Spaß und kommt erst spät in der Nacht nach Hause. Dies ist nichts außergewöhnliches, in letzter Zeit nimmt sich Julie immer öfters heraus, mit ihren Freundinnen aus zu gehen.

Sam und Sally liegen wie jeden Abend vor dem Fernseher und genießen den Abend. Da die Mutter nicht im Hause ist, kommt es schließlich neben einem romantischen Film dazu, dass Sam die hübsche junge Sally wieder einmal sehr zärtlich berührt. Sam streichelt erst wie immer ihren Rücken, massiert ihr den Nacken und ihre Ohrläppchen. Irgendwann berührt er ihre Brustwarzen, welche die Zärtlichkeiten von Sam genießen und anschwellen. Als Sam's Hand über Sally's Schambereich gleiten, kann sich Sally nicht mehr halten vor Lust. Sally hält die bisherige Zurückhaltung von Sam nicht mehr aus und übernimmt die Leitung. Sie öffnet die Hose von Sam und verwöhnt sein bereits sehr steif gewordenes Glied erst mit ihren Händen. Sam lässt es einfach geschehen und lehnt sich zurück. Er streichelt ihren Rücken und Sally gleitet mit dem Kopf über den Oberkörper von Sam immer tiefer, so dass Sie zum ersten Mal in ihrem Leben eine orale Erfahrung macht.

Eine heiße Erfahrung für Sally hat begonnen. Sam und Sally drehen und wenden sich in die verschiedensten Stellungen bis es dann zu einem gigantischen Höhepunkt für beide kommt.

Die beiden wissen, dass dieser Abend nicht korrekt gegenüber Julie war und daher versuchen sie, das Wohnzimmer wie immer zu verlassen, legen die Decken auf dem Sofa wieder korrekt zusammen, duschen sich den Schweiß vom Leibe und gehen zu Bett, bevor Julie nach Hause kommt.

Sam und Sally sind also bereits zu Bett gegangen als Julie endlich nach Hause kommt, die Beiden schlafen schon tief und fest. Julie duscht sich noch, da in der Kneipe geraucht wurde und sie den Rauch an sich nicht mehr riechen kann. Dann schlüpft sie unter die Decke von Sam.

Der Abend war für Julie aufregend, sie flirtete ein wenig mit Männern im Lokal aber es ist wie immer nichts weiter geschehen. Als Sie sich an Sam ankuschelt und bemerkt, dass auch er frisch geduscht ist, denn er riecht frisch und nicht verschwitzt, kommen ihre sexuellen Fantasien hoch.

Sie weckt Sam zärtlich, indem sie unter die Decke von Sam kriecht und den kleinen Sam mit ihren liebevollen Händen streichelt, küsst und dieser immer größer und fester wird. Dann kann sich Julie nicht mehr halten und macht sich über Sam her. Julie und Sam lieben sich noch bestimmt eine Stunde lang, Julie kostet voller Begierde den ganzen gut riechenden Körper von Sam und auch Sam küsst den frisch geduschten Körper von Julie von Kopf bis Fuß. Beide erreichen gemeinsam einen Höhepunkt, den zumindest Julie schon lange nicht mehr erlebt hat. Julie hatte vielleicht sogar zwei oder drei Höhepunkte, sie kann sich nicht mehr so genau erinnern.

Vor allem Sam ist völlig außer Atem, nimmt Julie völlig erschöpft in den Arm, streichelt noch ein wenig über den schweißgebadeten Rücken von Julie, bis sie dann schließlich gemeinsam einschlafen.

Am nächsten Morgen steht Julie als erste auf und bereitet wie immer das gemeinsame Frühstück vor. Sie ist bereits angezogen und fein gemacht, denn sie hat schon beim Bäcker im Nachbarort Brötchen geholt.

Sam ist inzwischen auch aufgestanden, hat sich im Bad die Zähne geputzt, mit ein wenig Wasser sein Gesicht gewaschen und wartet im Bademantel am Tisch noch auf sein Frühstücksei. Julie scheint Heute wieder mal glücklich zu sein, denn sie singt leise vor sich hin.

Als Sally noch mit verschlafenem Blick im Nachthemd das Esszimmer betritt schaut sie erst verdutzt ihre Mutter und dann Sam an, zieht dabei die Schultern hoch als möchte sie Sam fragen >was ist mit Der Heut los? Hatte sie auch so einen schönen Abend wie wir?<

Dann grüßt sie "Guten Morgen zusammen", nimmt platz und trinkt ihren Kaffee, isst ein Brötchen und dazu ein weich gekochtes Ei, fragt aber nicht weiter nach.

Julie erzählt von dem Abend mit Ihren Freundinnen und dass es ein sehr schöner Abend gewesen sei und fragt Sam und Sally "und bei Euch? Wie war es bei Euch, habt Ihr Euch vertragen und Euch auf einen Film einigen können?"

Sam und Sally schauen sich mit einem Blick, der zum einen grinsend, zum anderen sich fragend >ob sie wohl was bemerkt hat?< an, dann Sam die Antwort von Sally vorwegnehmend, "ja, wir haben uns für den Klassiker mit Richard Gere entschieden, den kennst Du ja auch. Ist immer wieder schön anzuschauen....und Sally kannte ihn ja noch nicht."

"Ja, der war ganz in Ordnung..." antwortet Sally "...und ich bin ja dann auch früh ins Bett gegangen."

"Ich ging dann auch ins Bett, so ein Liebesfilm wirkt ja auch ein wenig einschläfernd. Ich hatte danach auch meine Bettschwere erreicht." erwidert Sam.

Somit hatten also alle Drei einen schönen Abend, ein schönes Frühstück und der Alltag nimmt wieder seinen Lauf.

Julie wird gleichzeitig Mutter und Oma

Es vergehen fast zwei Monate bis Julie bemerkt, dass sie ihre Monatsblutung nicht mehr bekommt. Sie geht zum Frauenarzt, welcher Ihr umgehend nach der Untersuchung zur Schwangerschaft gratuliert.

Auch wenn Julie mit ihren 35 Jahren und einer bereits erwachsenen Tochter eigentlich keine weiteren Kinder mehr wollte, mit Sam ein gemeinsames Kind zu bekommen ist doch eine Freude für sie. Sie stürmt sofort nach Hause, wartet auf Sam, der kurz darauf von der Arbeit nach Hause kommt und wirft sich ihm um den Hals mit den Worten "wir bekommen ein Baby! Und es wird ein Junge!"

Als Sally davon erfährt, kann sie sich nicht so recht begeistern aber sie tut zumindest vor ihrer Mutter so, als ob sie sich freut. Es ist ja ihr kleiner Bruder bzw. Halbbruder, welcher da im Bauch der Mutter aufwächst. Gerne hätte sie mehr von Sam aber so muss sie sich wohl weiterhin als heimliche Geliebte zufrieden geben. "Herzlichen Glückwunsch Mam, herzlichen Glückwunsch Sam. Dann bekomme ich jetzt ja einen kleinen Bruder. Schön für Euch." Dann verlässt sie den Raum und zieht sich zurück in ihr Zimmer.

Noch am selben Abend bemerkt auch Sally, dass mit Ihrer Monatsblutung was nicht in Ordnung ist. Sie entschließt sich, zu einer Frauenärztin zu gehen, aber eine, welche nicht ihre Mutter behandelt, denn sie ahnt bereits böses. Am nächsten Tag sucht Sally die Frauenärztin auf und bekommt dieselbe Nachricht wie ihre Mutter, Sally ist Schwanger. In etwa der selbe Entbindungszeitraum wie ihre Mutter, auch ein Junge.

Sally kann sich aber nicht direkt so freuen wie Julie. Sie weiß genau, dass nur Sam als Vater in Frage kommt, denn kein anderer war je so tief in ihr als ihr Stiefvater Sam. Kein Anderer hatte je ihre Schenkel gestreichelt, geküsst und alles was an jenem Donnerstag Abend so schön war.

Was soll sie nun tun? Umgehend geht sie zu ihrem besten Kumpel Alfredo, der mit ihr jedes Geheimnis teilt und dem sie auch vertrauen kann. Sie erzählt Alfredo von der Affäre, welche Sie mit Sam, ihrem Stiefvater, hat und dass sie wohl in der selben Nacht wie ihre Mutter von Sam geschwängert worden war, denn Sam hatte ihr im Nachgang davon berichtet, warum Julie an jenem Morgen danach so glücklich war. Sam und Julie hatten ja nicht mehr so oft Sex miteinander und da der Entbindungszeitraum fast gleich ist von Sally und Julie, sieht Sally nur jene Nacht für beide Befruchtungen in Frage kommend. Sally ist verzweifelt, sieht kaum eine Lösung für ihr Problem. Da kommt ihr doch noch ein total irrer Gedanke durch den Kopf >Ja so könnte es gehen< und bittet Alfredo unmögliches für sie zu tun. "Bitte heirate mich, um die Schande über unsere Familie nicht noch größer werden zu lassen. Sei für mein Kind ein Vater. Bitte." Sie fleht Alfredo an und als bester Freund bleibt ihm auch fast keine andere Wahl.

"Wir können uns ja später wieder Scheiden lassen, oder?" erwidert er zum einen lachend, zum anderen bitter erst.

Sally geht mit Alfredo zu ihren Eltern, Julie und Sam, und berichten die Neuigkeit. "Mutter, ich bin schwanger und ich werde Alfredo, den Vater meines Kindes, heiraten." Die Mutter ist erst sprachlos, ihre Tochter, gerade mal knapp 18 Jahre alt, ein Baby? Aber nach den ersten Schockszenen wendet sich ihr Entsetzen in Freude. Sie nimmt ihre Tochter in die Arme und meint, "dann bekommen wir unsere Kinder ja fast zur selben Zeit, ist das nicht toll?". Sam und Alfredo schauen sich gegenseitig an, tausend Fragen im Hinterkopf versteckt und ohne Worte, dann geben sie sich die Hand und beglückwünschen sich gleichzeitig "Herzlichen Glückwunsch zur Vaterschaft".

Sam ist ein wenig perplex, rechnet so vor sich hin und denkt für sich, >bin ich der Vater von beiden?<, sagt aber dabei kein Wort, nimmt beide Frauen in den Arm und beglückwünscht seine Stieftochter und Geliebte Sally. Ein paar tränen kommen da schon aus Sams Augen, als er Sally dann umarmt und ihr ins Ohr flüstert "Was ist hier los?"

Der arme Kerl Alfredo nimmt sprachlos an den Freuden- und Tränenszenen teil, er weiß ja was hier los ist.

Mutter und Tochter wissen beide, dass sie je einen Jungen bekommen und so planen Sie gemeinsam auf die Geburt von Söhnen, Bruder von Sally und Enkel von Julie sowie der Söhne von Sam und Alfredo. Sie kaufen zwei gleiche Kinderbetten, Wiegen, eine Kinderbadewanne und alle Kleider für die Kinder in blau.

Sally und Alfredo heiraten im kleinen Stil und ziehen zusammen in die gerade frei werdende Wohnung neben Julie und Sam.

Im Juni 2009 ist es soweit. Am 06. kommt der Sohn von Sally, Freddy zur Welt, am 09. folgt Julie's Sohn Chris. Die beiden sind so süß jedoch mit Freddy stimmt etwas nicht, er ist krank.

Nicht etwa eine normale Kinderkrankheit, nein, da muss was tieferes dahinter stecken. Die Ärzte sehen es nicht all zu ernst und behandeln ihn auf Downsyndrom, was nicht selten bei Kleinkindern vorkommt und den Symptomen von Freddy sehr nahe kommt. Somit ist doch erst einmal alles in Ordnung.

Sally's Sohn wird krank

Freddy muss wegen seines Downsyndroms zwei Wochen länger zur Beobachtung im Krankenhaus bleiben, darf dann aber auch in den Kreise seiner neuen Familie. Die Mütter helfen sich gegenseitig und besuchen sämtliche Vorsorgeuntersuchungen von Chris und Freddy gemeinsam. Bei einer Vorsorgeuntersuchung, Freddy und Chris sind bereits fast 2 Jahre, wird bei Freddy erneut eine Krankheit festgestellt. Der Arzt hat zwar eine Vermutung, aber bevor er die Eltern damit konfrontiert zieht er einen Kinderarzt-Spezialisten hinzu.

Der Spezialist als auch der Kinderarzt kommen zum selben Befund, das Kind hat mehrere Anzeichen von Inzucht, aber wie kommt es dazu?

Bevor sie mit den Eltern darüber reden holen sich die Ärzte den Rat vom Gericht, wie sie diese Situation aufklären sollen, denn ohne die Einwilligung der Eltern kann kein Vaterschaftstest erfolgen.

Der Richter berät sich mit seinen Kollegen, dabei fällt einem der Richter die Vergewaltigung vor etwa 20 Jahren ein, wo der Beklagte immer wieder seine Unschuld bekundet hätte aber alle Indizien gegen ihn ausgefallen sind und dass das Opfer gerade die Oma des kranken Freddy's ist. Zusammen beschließen sie, dass eine Vaterschafts-Untersuchung sämtlicher Personen im Umfeld von Sally und ihrer Mutter Julie zumindest den aktuellen Fall der Inzucht, aber im besten Fall sogar mehr Klarheit und gegebenenfalls sogar die Unschuld eines Verurteilten Straftäters vor mehr als 20 Jahren aufdecken kann. Damit die Beteiligten nicht beunruhigt werden und in Panik geraten, werden die Ärzte vom Gericht angewiesen, den Beteiligten zu erzählen, dass das Kind Freddy eine Bluttransfusion benötigen würde und daher darum gebeten wird, dass möglichst schnell von allen Verwandten eine Blutprobe entnommen wird, um einen möglichen Spender zu ermitteln.

Die Ärzte befolgen die Anweisungen des Gerichts und bitten zunächst die Eltern und Großeltern zu einem Gespräch. Die Ärzte zeigen die Ernsthaftigkeit der angeblichen Blutkrankheit von Freddy auf und dass schnelle Hilfe notwendig sei.

Daraufhin stimmen alle gemeinschaftlich der Blutuntersuchung zu.

Die Vaterschaftsuntersuchungen

Die Blutproben fallen wie folgt aus:
Sam hat die Blutgruppe A0
Julie hat die Blutgruppe AB
Sally hat die Blutgruppe A
Chris, der Sohn von Julie hat die Blutgruppe A0
Freddy, der Sohn von Sally hat die Blutgruppe A
Alfredo, angeblicher Vater von Freddy hat die Blutgruppe B0

Vom Gericht wurde ohne weitere Auskunft an die Eltern von Chris und Freddy zusätzlich von Frank B, der vor 22 Jahren bezüglich der Vergewaltigung an Julie verurteilt wurde, eine Blutprobe zur Überprüfung der Übereinstimmung der Vaterschaft von Tochter Sally entnommen. Vor 22 Jahren waren die Möglichkeiten eines Vaterschaftstests noch nicht so ausgereift und aussagekräftig wie Heute.
Frank hat die Blutgruppe B

Das Ergebnis ist erschreckend.

Es stellt sich heraus, dass Frank, der für 8 Jahre in Haft war, nicht der brutale Vergewaltiger sein konnte, denn Seine Blutgruppe B kommt als Erbteil bei Sally nicht vor, welche aber Folge der Vergewaltigung war.
Alfredo, der angebliche Vater von Sally's Tochter, konnte unmöglich der Vater von Freddy sein, da auch sein Erbanteil, nämlich Blutgruppe B oder 0, nicht bei Freddy vorkommt.
Sam hat die einzige Blutgruppe welche als Vater der betroffenen Kinder in Frage kommen würde. Ist er gar der Vater von beiden Kinder, Chris und Freddy?

Die Ärzte und Richter haben noch viele Fragen auf zu klären.

Wer ist nun wirklich der Vater von Sally und somit der Vergewaltiger? Ist er noch auf freiem Fuß? Ist er gar auch der Vater von Sally's Sohn Freddy? Er könnte theoretisch auch der Vater von Sally's Sohn Freddy sein, was auch die Diagnose Inzucht begründen würde. Dann könnte es Sam sein.

Aber was stimmt nun wirklich?

Mit einem solchen Ergebnis haben die Richter nicht gerechnet. Dieses Ergebnis stellt die Justiz vor eine neue Herausforderung. Die Richter beraten sich zusammen mit den Ärzten, welche Möglichkeiten sich sonst noch zur eindeutigen Feststellung der Vaterschaft bieten.

Die Ärzte schlagen eine Genuntersuchung zur eindeutigen Identifizierung der Familienverhältnisse vor, wobei hierfür keine weitere Blutentnahme notwendig ist, da die bestehenden Blutproben dafür genommen werden können.

Die Richter stimmen einstimmig zu.

Die Ärzte untersuchen Tagelang die Blutproben und kommen immer wieder auf das selbe Ergebnis, was ihnen unglaublich erscheint:

1. Frank ist eindeutig unschuldig an der Vergewaltigung von Julie.
2. Sam ist der Vater von Sally und dürfte sich somit auch der Vergewaltigung an Julie verantworten müssen.
3. Sam ist weiterhin der Vater von Chris, was bisher unbestritten war und hiermit nur der Vollständigkeit halber erwähnt wird.
4. Sam ist sogar der Vater von Sally's Sohn Freddy, was auch die Inzucht erklärt.
5. Und zum Schluss stellt sich noch heraus, dass auch Alfredo der Sohn von Sam ist, was bisher völlig absurd galt und gar nicht zur Debatte stand.

Nach diesem Ergebnis wird Sam sofort unter Verdacht der Vergewaltigung an Julie, seiner jetzigen Frau, Vollzug der Inzucht durch Beischlaf mit seiner leiblichen Tochter Sally und ggf. Vergewaltigung einer weiteren Frau, nämlich der Mutter von Alfredo, welche bisher unbekannt ist, ggf. nur Beihilfe zur Aussetzung eines Kindes ebenfalls vor 22 Jahren, festgenommen und sofort in Untersuchungshaft abgeführt.

Julie bricht noch im Krankenhaus zusammen und wird in ärztliche Obhut gegeben.

Sally ist sauer auf ihren Vater, wie er ihrer Mutter 1989 so etwas antun konnte. Das hätte Sally nie von Sam erwartet. Sie spuckt noch im Krankenhaus vor die Füße von Sam.

Alfredo kennt jetzt endlich seinen leiblichen Vater, wenn auch nicht seine Mutter. Auch er ist enttäuscht über dessen Taten und möchte Sam nie wieder begegnen.

Die Erinnerung

Julie kommt im Krankenbett zu sich, liest nochmals die Ergebnisse der Blutproben und denkt an die Vergewaltigung vor 20 Jahren zurück.

Die ganzen brutalen Szenen laufen wie ein Film vor Ihren geschlossenen Augen auf und ab. Wie Sam sie vom Fahrrad zog, ihr den Kartoffelsack über den Kopf und den Oberkörper stülpte und sie dann an der kleinen Brücke am Geländer fest zurrte. Sie kann sich an jede einzige Kleinigkeit erinnern, auch wie er ihre Strumpfhose zerrissen hat, den Tanga zur Seite geschoben und sein Glied in sie drückte. Jeden Stoß kann sie Heute noch spüren. Sie schreit durchs Zimmer "Sam, wie konntest Du mir das nur antun?" so laut, dass man es bis zur Eingangstür des Krankenhauses hört, wo Sam gerade abgeführt wird.

Dann laufen Ihr die Bilder der Verhandlung von Frank ab und wie sie durch die Indizien der Polizei und die rechthaberische Vorgehensweise des Staatsanwaltes von der Schuld ihres besten Kumpels Frank überzeugt wurde. "Nein, was habe ich nur getan?" ruft sie lauthals mit tränen, die ihr über das gesamte Gesicht laufen. "ich habe mich in meinen besten Freunden getäuscht und sie verloren...", "...damals erst Sam, dann Frank und jetzt noch einmal Sam. Was soll ich nur tun?"

Dann erinnert sie sich an die letzten Jahre und wie sie sich in Sam so täuschen konnte.

Aber einen Gedanken hat sie erst wieder bekommen, als sie das Ergebnis der Blutuntersuchungen ein zweites, drittes und viertes mal gelesen hatte.

Diesen Gedanken hat sie all die Jahre verdrängt.

Sie hatte nämlich nach der Vergewaltigung Zwillinge bekommen, Sally als Erstgeborene und einen zweitgeborenen Sohn. Sie wurde mit der Lage seelisch einfach nicht fertig, also legte sie den zweitgeborenen ohne Namen vor dem Waisenhaus ab in der Hoffnung, dass dieser ein gutes Zuhause finden würde.

>Er hat kein neues Zuhause bekommen, er musste im Waisenhaus aufwachsen, bekam von dort den Namen Alfredo und selbst meine Tochter Sally hat mir die Herkunft von Alfredo verschwiegen, weil ich mich immer vom Waisenhaus distanziert habe.<

Da kommt Alfredo gerade durch die Tür des Krankenzimmers, schaut Julie an, nichts ahnend dass diese seine Mutter ist. Julie nimmt seine Hand, weint vor Glück, nimmt Alfredo in den Arm und flüstert ihm ins Ohr, "ich bin Deine Mutter, kannst Du mir je verzeihen?"

Sprachlos vor Glück nimmt er seine Mutter in den Arm. Keiner spricht auch nur ein Wort. Man würde jede Feder hören, welche im Zimmer auf den Boden fallen würde. So verharrten Julie und ihr Sohn Alfredo mindestens eine halbe Stunde, vielleicht noch länger, niemand schaut auf die Uhr, Beide völlig regungslos.

Rache oder Happy End?

Nachdem nun klar ist, dass Frank die Vergewaltigung an Julie nicht begangen hat, wird er vom Gericht offiziell frei gesprochen.

Der Angeklagte Frank hatte die Vorwürfe stets bestritten. "Es war kein faires Verfahren", schildert der 39-Jährige den damaligen Prozessverlauf. Er habe sich von Anfang an vorverurteilt gefühlt. Die achtjährige Haftstrafe hat der Mann voll verbüßt. Auch nach seiner Haftentlassung steht er noch bis zum heutigen Tag unter Führungsaufsicht und ist in psychologischer Betreuung.

Frank wird von der Staatskasse für die grausame Zeit mit 72.000,- EUR entschädigt. Dies soll neben seinem Verdienstausfall während der Haft auch eine kleine Entschädigung darstellen, welche ohnehin nicht reparabel und mit keiner Geldsumme abzugelten ist.

Julie macht sich ständig Gedanken, was aus Frank geworden ist, aber sie traut sich nicht, ihn aufzusuchen um sich bei ihm zu entschuldigen.

Fast jeden Tag hat Julie Alpträume, jetzt nicht mehr über Frank's grausame Tat, sondern über Sam's mehr als grausame Taten an ihr selbst, ihrer Tochter Sally und den Kindern gegenüber. >Wie kann ein Mensch nur so abscheulich sein?<, fragt sie sich immer wieder, Tag für Tag.

Nach der Aufklärung der Vaterschaftsverhältnisse wird die Ehe zwischen Sally und Alfredo annulliert, da sie als Totalsimulationen dargestellt und von Sally und Alfredo auch so bestätigt wird. Damit ist das gänzliche und nachweisliche Fehlen des nötigen Willens zur Ehe gemeint.

Auch Julie kann ihre Ehe mit Sam mit der Begründung einer Illusion annullieren. Das gezielte Verschweigen von Tatsachen vor der Ehe ist hier die Begründung, mit der Julie recht bekommt.

Alfredo zieht vorerst zu seiner Mutter Julie und dem kleinen Bruder Chris. Er kann seine Mutter verstehen, dass sie ihn im Waisenhaus abgegeben hatte, nachdem was sie mitgemacht und erlebt hatte. Wie sollte man da einen klaren Kopf bewahren können. Zwei Kinder durch Vergewaltigung. Körperlich und seelisch völlig am Ende. "Ich weiß nicht wie ich gehandelt hätte" sagt Alfredo zu seiner Mutter.

Sally wohnt nebenan mit ihrem Sohn Freddy. Julie hat inzwischen ihrer Tochter Sally für die Affäre mit Sam verziehen. Jeder von ihnen ist ja wohl auf den Charme von Sam reingefallen.

Alle warten gespannt auf die Verurteilung von Sam.

Sam wird verurteilt

Es vergehen wieder Wochen, ähnlich wie bei der Verhandlung vor 22 Jahren, bis es zu einem Gerichtstermin kommt.

Wieder flattert ein gelber Brief vom Gericht ins Haus, ein Brief, nein, 3 gelbe Briefe, einen für Julie, einen für Sally und einen für Alfredo, welche die Briefe jeweils persönlich in Empfang nehmen müssen. Es ist die Ladung zur Hauptverhandlung, wieder ein Freitag, wieder ein 13ter. Die Verhandlung gegen Sam ist am Freitag 13. Juli 2012.

Es ist ein schöner sonniger Tag 22 Jahre nach der Misshandlung von Julie. Julie wird begleitet von Sally und Alfredo, welche auch als Zeugen der Nebenklage aussagen sollen. Die große Tür des Gerichtsgebäudes, das immer noch so schwer zu öffnen ist, wird von Alfredo geöffnet, denn Julie ist auch an diesem Tag völlig kraftlos. Die Tür geöffnet stehen auch wieder Reporter der hiesigen Tageszeitung im Flur des Gerichtsgebäudes, welche über die neuen Erkenntnisse der schrecklichen Tat v. 30. September 1989 bis Heute berichten wollen, welche sie ständig mit verfolgt hatten und jetzt gespannt auf das neue Urteil des hohen Gerichts mit Spannung erwarten.

Julie, Alfredo und Sally werden von Ihrem Anwalt und den Eltern von Julie von den wartenden Reportern abgeschirmt, welche Heute Julie nicht bezüglich der obszönen Tat, sondern bezüglich ihrer Beziehung zum Beklagten Sam, Fragen stellen wollen. Julie neigt den Kopf nach unten, hält ihre Hand vor ihr Gesicht und lässt sich zwischen Alfredo und Sally durch die Menge führen.

Auch Heute sitzen wieder Richter und Schöffen zur Urteilsfindung im Saal. Auch Frank sitzt im Gerichtssaal, denn auch er möchte das Urteil von Sam persönlich hören.

Die Verhandlung geht Heute nur eineinhalb Stunden, denn der Sachverhalt ist klar.

Julie muss wieder einmal den gesamten Ablauf Ihrer grausamen Vergewaltigung schildern. Ihr Rechtsanwalt unterstützt sie genauso wie vor 22 Jahren und reicht ihr auch Heute wieder ein Taschentuch, als immer wieder Tränen aus Ihren strahlendblauen Augen schießen. Heute ist sie trotz allem stärker, so dass die Verhandlung ihretwegen nicht unterbrochen werden muss.

Heute kann sie sicher sein, alle werden ihr Glauben, denn Heute liegen dingfeste Beweise auf dem Tisch.

Die Rechtsanwälte stellen auch Sam jegliche Fragen über den Abend des 30. September 1989. Warum seine Fingerabdrücke nicht am Fahrrad waren, warum er das Fahrrad am Haus von Frank abgestellt hatte, wo er an jenem Tag nach der Verabschiedung seiner Mutter am Bahnhof, also ab 11:00 Uhr und speziell am Abend zwischen 19:00 Uhr und 20:00 Uhr gewesen war, ob er Zeugen für den besagten Zeitraum hat, welche seinen damaligen Aufenthaltsort bestätigen können, Fragen über seine persönlichen Verhältnisse von damals und Heute, seine angebliche Liebe zu Julie, ob er Drogen nimmt. Auch wo er die Waffe und Tarnkleidung versteckt habe, welche bis Heute nicht gefunden wurden, und vieles mehr. Auch Heute viele Fragen des warum, wieso, weshalb, wer, wie, wo, was...

Sam schweigt. Er muss ja keine Aussagen machen die gegen ihn ausfallen und ihn selbst belasten würden.

Der Rechtsanwalt von Sam, der ihm als Pflichtverteidiger beigestellt wurde, ergreift das Wort und schildert nach seiner Kenntnis den Tatverlauf, wie er dies auch mit Sam abgesprochen hatte. Er hat Sam geraten, ein Geständnis ab zu legen, da die Fakten ganz klar gegen ihn sprechen und ein Geständnis die Strafe mildern würde.

"Mein Mandant Sam K. gesteht die Tat. Er bereut auch alles was er Julie und allen anderen Betroffenen angetan hat und würde gerne alles ungeschehen machen, was leider nicht mehr möglich ist. Zum Tathergang möchte er keine Angaben machen, da die Tat lange zurückliegt und er sich nicht mehr an alle Details erinnern kann. Er hat die Misshandlung am 30.09.1989 aus Verzweiflung gegenüber der Nebenklägerin Julie F. begangen, welche ihm Tage zuvor eine Liebesabfuhr erteilte. Die Tat war nicht geplant, er hat im Affekt gehandelt. Nachdem er auf dem Bahnhof von seiner Mutter abgesetzt worden war, ging er noch einmal in den Park, wo er immer wieder mit Julie gespielt hatte. Als Julie dann gegen 19:00 Uhr plötzlich mit dem Fahrrad vorbei fuhr, zog er eine Mütze, welche er zufällig aus seiner Jacke zog über seinen Kopf und den Rest kennen ja alle aus der Schilderung von Julie. Eine Waffe hatte Sam nicht. Er hatte nur ein Stabfeuerzeug, welches sich für Julie wie eine Waffe angefühlt haben muss. Mit diesem Feuerzeug hat er Julie den Eindruck einer Waffe vermittelt. Er hatte eigentlich keine bösen Absichten und handelte im Affekt einfach nur Falsch. Es tut meinem Mandanten leid aber er kann es leider nicht rückgängig machen."

Dann folgen die Anträge der Klage. Der Staatsanwalt fordert Aufgrund der schwere des Vergehens, Vergewaltigung einer Minderjährigen, Freiheitsberaubung unter Androhung einer Waffe, auch wenn es nur ein Feuerzeug war, was das Opfer aber nicht wissen konnte und den weiteren Anschuldigungen, wie das Hinnehmen eines unschuldig Verurteilten Menschen, die Affäre mit seiner eigenen Tochter Sally, was Inzest bedeutet und der Beklagte wissen hätte müssen, eine Freiheitsstrafe von 10 Jahren. "Dabei ist eine Milderung der Strafe wegen

Tateingeständnis und Reue bereits berücksichtigt" fügt der Staatsanwalt mit kräftiger Stimme hinzu.

Der Anwalt des Beklagten Sam wendet sich noch einmal an das hohe Gericht, die Richter und Schöffen und bittet sie, das Tateingeständnis und die sichtliche Reue des Beklagten zu berücksichtigen. Auch sei die Tat im Affekt geschehen und seither seien schon 22 Jahre vergangen und dass der Beklagte Sam nicht wusste, dass er der Vater von Sally sei, als er sich in sie verliebt hat und neben seiner Julie sie als Geliebte nahm, weil auch Sally es so wollte. Er stellt den Antrag auf 2 Jahre Haft welche zur Bewährung ausgesetzt werden soll.

Als Beklagter hat Sam das letzte Wort, er schaut den Personen, die er anspricht in die Augen und sagt: "Julie, Sally, Alfredo, meine Kleinen, Chris und Freddy, und auch dir Frank, es tut mir Leid." Dann hält er die Hände vor sein Gesicht und überlässt sich dem Urteil des hohen Gerichtes.

Die Richter und Schöffen ziehen sich zur Beratung zurück, wieder eine Pause von fast einer Stunde. Julie zweifelt an der gerechten Verurteilung gegen Sam, sie befürchtet, dass Sam mit einer geringeren Strafe als Frank damals davon kommt. Sie findet keine Worte und sieht voller Hass durch eine schalldämmende Fensterscheibe Sam mit seinem Verteidiger sitzen.

Die Richter und Schöffen betreten den Saal, alle nehmen wieder ihre Plätze ein und die Urteilsverkündung wird verlesen.

"Im Namen des Volkes.
Sam K. wird zu 5 Jahren Freiheitsstrafe verurteilt.

Besonders schwerwiegend wird die Brutalität mit welcher der Beklagte das chancenlose Opfer mit Waffengewalt der Freiheit beraubt und nicht zuletzt die Würde der Frau durch sexuelle Misshandlung angetastet und sich ihm unterworfen hatte, angerechnet.

Mildernd solle sich aber auch die Reue und das, wenn auch erst nach zwanzigjähriger Überführung, vorgebrachte Tateingeständnis auswirken.

Ob Sam K. die Vaterschaft zu Sally bei seinem abendlichen Beischlaf bewusst war, kann nicht nachgewiesen werden.

Die Verhandlung ist geschlossen."
Dann wird Sam von zwei Beamten abgeführt.

Die Rache

Julie kann es nicht fassen, Frank bekam 8 Jahre für Nichts und Sam, der sich wirklich mit einer grausamen Tat an ihr vergangen hatte, soll mit 5 Jahren davon kommen. >Wo bleibt da die Gerechtigkeit?<

Sie wollte sich eigentlich noch bei Frank entschuldigen, aber auch Heute hatte sie nicht den Mut dazu, Frank gegenüber zu stehen, ihm in die Augen zu schauen und dann noch irgend etwas sagen zu können. Selbstverständlich hat sie bemerkt, dass auch Frank immer wieder den Blick zu ihr sucht. Aber es ist wohl noch nicht der richtige Zeitpunkt für Julie.

Voller Wut geladen verlässt sie zusammen mit Sally und Alfredo den Gerichtssaal. Vor dem Saal stehen immer noch die Reporter und wollen die Meinung von Julie, Sally und Alfredo zu dem Urteil erhaschen.

Julie drängt sich durch die Meute "lasst mich in Ruhe". Von weitem kann sie die beiden Beamten zusammen mit Sam sehen. Die Beamten warten am Informationsschalter des Gerichts noch auf irgendwelche Papiere. Sam sitzt mit Handschellen, die Hände auf dem Rücken, auf einer Holzbank neben den mit dem Rücken zu Julie am Schalter stehenden Beamten.

Julie nutzt die Gelegenheit, sie geht auf Sam zu, wird immer schneller und kurz bevor sie bei Sam ankommt, zieht sie ein Küchenmesser mit einer bestimmt mindestens 20 cm langen Klinge aus ihrer Handtasche.

Alfredo, der gerade noch mit den Reportern beschäftigt war, sieht seine Mutter und auch das große Fleischermesser, welches Julie aus ihrer Tasche gezogen hatte, mit dem Sie gerade auf Sam losgeht.

Alfredo stürmt zu seiner Mutter "Der ist es doch nicht Wert!", stellt sich zwischen Sam und Julie und reißt seiner Mutter das Messer aus ihrer Hand.

Im selben Augenblick, als Alfredo sich gerade das Messer zu eigen genommen hatte, wollte Sam von der Bank aufstehen um der gefährlichen Julie auszuweichen und gar bei den Polizisten Schutz zu suchen. Da passiert völlig unvorhergesehenes. Alfredo hatte zwar seiner Mutter das Messer abgenommen, jedoch dadurch, dass sich seine Mutter gewehrt hatte, hielt er das Messer so ungünstig, und Julie drehte ihn auch noch nach rechts weg, so dass der von rechts kommende Sam geradewegs in das offene Messer von Alfredo rennt.

Sam fällt zu Boden. Das Messer spitzte sich genau durch sein Herz. Die Beamten halten Julie und Alfredo zurück und der Gerichtsangestellte hinter dem Informationsschalter ruft umgehend einen Krankenwagen mit Notarzt. Doch für Sam kommt jede Hilfe zu spät, er verblutet noch auf dem Weg ins Krankenhaus.

Niemand konnte ahnen, dass Julie zu so einer Tat fähig war und dass sie während der ganzen Verhandlung dieses Messer in ihrer Handtasche hatte. Aber es konnte sich auch niemand so richtig in die Lage von Julie versetzen. Die Qualen, welche Sam ihr all die Jahre angetan hatte, und bereits Zuhause dachte sie >Der kommt bestimmt zu Milde davon, schleicht sich sicher wie ein Aal um die Beweise und kriecht den Richtern in den A...<. Mehr aus Reflex als aus geplantem Mordversuch hatte sie sich daher bereits am Morgen mit dem Messer bewaffnet. Zu dem Zeitpunkt hatte sie bereits eine kaum vorstellbare Wut im Bauch, aber selbst nicht damit gerechnet, dass sie das Messer auch benutzten würde.

Die Beisetzung von Sam findet in aller Stille im Beisein seiner Mutter statt. Weder Julie noch Sally oder Alfredo nehmen Abschied am Grab von Sam.

In der Psychiatrie

Auch für Julie und Alfredo kommt es zur Verhandlung wegen versuchten Mordes und wegen Totschlages.

Julie bekommt für ihr versuchtes Tatvergehen an Sam eine zweijährige Freiheitsstrafe auf Bewährung. Es wurde nicht auf Mordversuch plädiert da ein geplanter Mord doch anders aussieht, daher auch keine Verurteilung wegen versuchten Mordes, welche sicher höher ausgefallen und nicht auf Bewährung ausgesetzt worden wäre. Sie bekommt allerdings noch zur Auflage, sich in psychologische Behandlung für mindestens 2 Jahre zu begeben.

Gegen Alfredo wird wegen Aszendententotschlag beklagt. Aszendententotschlag bedeutet Totschlag an Verwandten aufsteigender Linie.

Alfredo wird jedoch frei gesprochen, da er Sam zu Hilfe kommen wollte und sich der Tod von Sam schlicht und einfach durch mehrere, verkettete, tragische Zusammenhänge ergeben hatte und Alfredo sich keines Falls vorsätzlich dem Tötungsdelikt strafbar gemacht hatte.

Alfredo verkraftet den Totschlag an seinem Vater nicht, auch wenn es kein wirklicher Totschlag war. Deshalb entscheidet er sich, zusammen mit Mutter Julie in psychologische Behandlung zu gehen.

Julie und Alfredo suchen sich eine psychiatrische Klinik nähe des Bodensees wo sie erste gemeinsame, dann auch einzelne Therapiestunden und später an Gruppentherapien teilnehmen.

Plötzlich, an einem Dezembertag, es schneit weiße Flocken vor dem Fenster vom Himmel, als Julie und ihr Sohn Alfredo gerade an einer Gruppensitzung teilnehmen. Sie wundern sich schon, wo all die anderen Teilnehmer bleiben, denn sie sind nur zu dritt, Julie, Alfredo und die Psychologin. Die Tür geht auf und ein Mann mit weiß verschneiter Mütze betritt die Therapiestunde.

Julie flüstert zu Alfredo "Das ist doch Frank, oder?"

Alfredo muss zweimal hinschauen, denn unter der Mütze hat er Frank nicht sofort erkannt. >Aber ja<, "es ist Frank. Den haben wir schon lange nicht mehr gesehen. Was macht er denn hier?"

Frank nimmt seine verschneite Mütze vom Kopf, legt seine dicke Winterjacke ab und überreicht der Psychologin die nassen Teile. Diese hängt sie über den Heizkörper am Fenster. Dann bittet sie Frank in die Runde und stellt ihm einen Stuhl links von ihr.

Die vier bilden nun einen Kreis. Alfredo sitzt gegenüber der Psychologin, rechts von ihm Frank und links seine Mutter Julie. Julie und Frank sitzen sich auch gegenüber, Julie rechts neben der Psychologin.

Die Psychologin ergreift das Wort: "Ihr kennt Euch ja bereits!"

Alle nicken mit dem Kopf.

"Frank kommt bereits seit etwa 15 Jahren zu mir. Julie und Alfredo, bei Euch sind es jetzt ein paar Monate. In allen Gesprächen, ob Einzeln oder in der Gruppe, habe ich bei Euch allen das Verlangen nach Aussprache zwischen Euch heraus gehört, auch wenn es niemand von Euch direkt gesagt hat. Wollen wir es gemeinsam angehen?"

Bei allen vier brechen die Tränen aus, ja sogar die Psychologin benötigt ein Taschentuch, wenn auch nicht so dringend wie Julie und Frank.

"Wer möchte beginnen?", fragt die Psychologin. "Lasst einfach euren Gedanken freien Lauf und sprecht aus, was ihr schon lange auf dem Herzen habt. Lasst es zu, auch wenn die Sätze durcheinander kommen."

Julie beginnt, "Frank, es tut mir so leid, ich weiß, ich kann es nie wieder gut machen, es ist zu viel für Dich geschehen. Ich wollte immer wieder Kontakt zu Dir aufnehmen, habe es aber bis Heute nie geschafft."

Daraufhin Frank, "weißt Du, ich hatte viele Jahre Zeit um Nachzudenken, zu vergeben, zu verzeihen, auch wenn die Verzweiflung immer wieder das Gegenteil von mir forderte. Ich denke, wir sollten einfach nach vorne schauen, denn Gestern ist vorbei und niemand kann an Gestern noch etwas verändern. Wir alle haben unser Leid hinter uns, Du, Julie, Alfredo, aber auch Sally und Sam. Ich war einfach nur immer zum falschen Zeitpunkt am richtigen Ort oder zum richtigen Zeitpunkt am falschen Ort. Wie man es dreht und wendet, völlig egal."

Alfredo hat nicht viel zu sagen, denn er kennt Frank ja noch nicht so lange. Seit ein paar Jahren von Erzählungen und jetzt gerade mal ein paar Minuten. "Lass uns Freunde sein, gegenseitig vergeben. Vielleicht hilft uns dies allen ein wenig über unsere Probleme hinweg, oder?" Er schaut dabei Frank in die Augen und da war so etwas seltsames zu spüren.

Der 19 Jahre ältere Frank nimmt die Hand von Alfredo und spürt zum ersten mal seit 25 Jahren ein schauriges Gefühl durch seinen Körper fließen.

Die Sitzung geht noch 2 Stunden, wo sich die Drei sehr viel zu erzählen haben. Die Psychologin hört nur aufmerksam zu und lässt dem Gespräch freien Lauf.

Die Liebe

Julie, Alfredo und Frank treffen sich noch öfters bei Gruppensitzungen und können ab diesem ersten gemeinsamen Treffen freier über ihre psychologischen Probleme reden.

Es kommt sogar zu persönlichen Treffen außerhalb der Psychiatrie und die beiden, Julie und Frank, verstehen sich fast wieder wie in früheren Zeiten.

Frank kommt immer öfter zu Besuch zu Julie und ihrer Familie. Alfredo versteht sich immer besser mit Frank und er lernt von ihm, wie man die elektrischen Lampen im Haus repariert, wo er sich bisher nicht ran getraut hatte.

Frank bleibt auch ab und zu über Nacht, schläft dann auf dem Sofa im Wohnzimmer.

Auch Sally hat inzwischen Frank kennen gelernt und mag ihn sehr. Hin und wieder gehen Sally und ihre Mutter gemeinsam Abends für ein paar Stunden aus, dann passen Frank und Alfredo auf die Kinder auf. So auch an jenem Abend. Sally und Julie machen sich hübsch um auszugehen. Frank hat sich schon darauf eingestellt, dass er mit Alfredo den Abend in Julie's Wohnung verbringt und dort auch übernächtigen wird.

Sally und Julie verabschieden sich von ihren Kindern, "seid schön brav zu Frank und Alfredo", und auch Frank nehmen beide in den Arm, "Danke".

Die beiden verlassen die Wohnung und grinsen sich gegenseitig an, denn der heutige Tag wurde von ihnen schon seit längerer Zeit geplant. Sie haben nämlich längst bemerkt, dass Alfredo und Frank mehr für einander empfinden als nur Freundschaft.

"Ich habe den beiden noch eine Flasche Prosecco hingestellt", sagt Julie grinsend zu Sally.

"Und ich habe beiden ein paar Liebestropfen in ihr Cola geträufelt, damit auch wirklich nichts schief gehen kann", erwidert Sally und beugt sich vor lachen.

Dann vergnügen sich die beiden in einem nahe gelegenen Tanzlokal.

Beide sind so hübsch, dass kein Mann an ihnen vorbei kommt, ohne sich nach den beiden um zu drehen, was den beiden auch sehr imponiert.

Sally verliebt sich an diesem Abend in einen jungen Millionär, der ihre Vorgeschichte voll und ganz akzeptiert, dem sie vertraut und der auch Freddy annimmt wie seinen eigenen Sohn. Diesen Mann heiratet sie später und verbringt den Rest ihres Lebens mit ihm.

Als sie an diesem Abend spät in der Nacht nach Hause kommen, öffnen sie die Eingangstür von Julie ganz leise. Frank und Alfredo liegen beide auf dem Sofa und sind eng umschlungen miteinander eingeschlafen. Die Babyphone sind beide ruhig, also schlafen auch Chris und Freddy. Der Fernseher läuft noch, den schaltet Sally aus während Julie die beiden Turteltäubchen mit einer Wolldecke zudeckt.

"Ich glaube, unser Plan ist gelungen", flüstert Sally ihrer Mutter zu. Dann trinken beide noch ein Glas vom übrig gebliebenen Prosecco, bevor auch sie zu Bett gehen.
Am nächsten Morgen stehen alle mit verschlafenem Blick auf und Julie bereitet das Frühstück für Vier.
Alfredo schaut Frank an und grinst, Frank grinst zurück. Da kommt auch schon von Sally der Spruch, "Na, und wie war es Gesternabend?"
Frank nimmt Alfredo etwas scheu in den Arm, schaut erst Alfredo in die Augen und dann zu Sally mit den Worten "bei uns war es toll, und bei Euch?"
Sally ohne zu zögern, "Super, ich bin verliebt!"
In den kommenden Wochen zieht Alfredo zu Frank. Dass Frank 19 Jahre älter ist als er, stört ihn nicht. Vielleicht auch, weil er nie einen Vater an seiner Seite hatte. Die beiden sind jedenfalls Glücklich.
Julie bleibt lieber alleine, auch wenn sie sich gerne mit Männern amüsiert, aber zu einer festen Partnerschaft kommt es bei ihr nie mehr. Sie zieht ihren Sohn Chris alleine groß.

Bisher hat Autor Manfred Bogenschütz über den Verlag BoD - Books on Demand, Norderstedt, folgende Sachbücher veröffentlicht.

Er selbst sagt zu diesen überwiegend spirituellen, auf eigenen Erfahrungen des Autors basierenden Bücher

„Diese Bücher können auch Ihr Leben positiv verändern!"

Glücklich Leben im Paradies Erde
ISBN 978-3-8370-2575-0, 2008, 156 Seiten, Preis: 20,- EUR

Wie finde ich meinen passenden Lebenspartner
ISBN: 978-3-8370-8784-0, 2009, 112 Seiten, Preis: 12,80 EUR

Wie denke ich mich Gesund
ISBN 978-3-8370-8998-1, 2009, 112 Seiten, Preis: 12,80 EUR

Ich verbessere Jetzt und Heute meine Beziehung
ISBN 978-3-8370-8785-7, 2009, 112 Seiten, Preis: 12,80 EUR

Erfülle mir meine Wünsche
ISBN 978-3-8370-8997-4, 2009, 112 Seiten, Preis: 12,80 EUR

Meine Arbeit soll Spaß machen
ISBN 978-3-8370-8995-0, 2009, 112 Seiten, Preis: 12,80 EUR

Wie werde ich Reich
ISBN: 978-3-8370-8999-8, 2009, 112 -Seiten, Preis: 12,80 EUR

Weitere Sachbücher von Autor Manfred Bogenschütz

Lottoglück – Werden Sie Millionär?
ISBN: 978-3-8391-5198-3, 2010, 80 Seiten, Preis: 9,80 EUR